Deseo

D0863660

¿EN TU RANCHO O EN EL MÍO?

KATHIE DeNOSKY

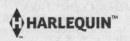

HARLEQUIN™

Editado por HARLEQUIN IBÉRICA, S.A.
Núñez de Balboa, 56
28001 Madrid

© 2014 Kathie DeNosky
© 2014 Harlequin Ibérica, S.A.
¿En tu rancho o en el mío?, n.º 1999 - 17.9.14
Título original: Your Ranch... Or Mine?
Publicada originalmente por Harlequin Enterprises, Ltd.

Todos los derechos están reservados incluidos los de reproducción,
total o parcial. Esta edición ha sido publicada con autorización de
Harlequin Books S.A.
Esta es una obra de ficción. Nombres, caracteres, lugares, y situaciones
son producto de la imaginación del autor o son utilizados ficticiamente,
y cualquier parecido con personas, vivas o muertas, establecimientos
de negocios (comerciales), hechos o situaciones son pura coincidencia.
® Harlequin, Harlequin Deseo y logotipo Harlequin son marcas
registradas propiedad de Harlequin Enterprises Limited.
® y ™ son marcas registradas por Harlequin Enterprises Limited y sus
filiales, utilizadas con licencia. Las marcas que lleven ® están
registradas en la Oficina Española de Patentes y Marcas y en otros
países.
Imagen de cubierta utilizada con permiso de Harlequin Enterprises
Limited. Todos los derechos están reservados.

I.S.B.N.: 978-84-687-4431-5
Depósito legal: M-19667-2014
Editor responsable: Luis Pugni
Impresión en CPI (Barcelona)
Fecha impresion para Argentina: 16.3.15
Distribuidor exclusivo para España: LOGISTA
Distribuidor para México: CODIPLYRSA
Distribuidores para Argentina: interior, BERTRAN, S.A.C. Vélez
Sársfield, 1950. Cap. Fed./ Buenos Aires y Gran Buenos Aires,
VACCARO SÁNCHEZ y Cía, S.A.

Capítulo Uno

Lane Donaldson no pudo evitar echarse a reír al ver a sus cinco hermanos comportándose como verdaderos tontos.

Era extraña la reacción que un bebé podía provocar en adultos inteligentes. Debía admitir que él no era diferente. También había puesto caras raras y emitido soniditos con el fin de hacer sonreír a la criatura.

Había invitado a la familia y a los amigos a una barbacoa para celebrar que había ganado en una partida de póquer el rancho Lucky Ace. Pero como su sobrino había nacido hacía unos meses, se celebraba también que hubiera un nuevo niño en la familia.

–Vais a asustar al pobre Hank –se quejó Nate Rafferty mientras sonreía al pequeño, que se hallaba en los brazos de su hermano Sam.

Nate y Sam eran tan distintos como el día y la noche, a pesar de ser los únicos hermanos biológicos del grupo de chicos que se habían criado en el rancho Last Chance. Mientras que Sam estaba felizmente casado y con un hijo de tres meses; Nate salía con tantas chicas como le era posible. De hecho, de los cuatro solteros recalcitrantes, incluido él mismo, Nate era el más reacio en sentar la cabeza.

–¿Y tú crees que con esa sonrisa bobalicona no le asustas, Nate? –dijo Ryder McClain riendo–. Me asustas más que los toros con los que tengo que vérmelas todos los fines de semana.

Ryder, jinete de rodeo en la modalidad monta de toro, era uno de los hombres más valientes que Lane había tenido el privilegio de conocer. Ryder también era el más despreocupado y más fácil de tratar de los cinco hermanos de acogida.

–Y tú, Ryder, ¿cuándo vas a ser padre? –preguntó T. J. Malloy antes de echar un trago de la botella de cerveza que tenía en la mano.

T. J. Malloy había sido un jinete de éxito en los circuitos de rodeo en la especialidad de caballo con montura. A los veintiocho años había dejado el rodeo y ahora se dedicaba a la cría y entrenamiento de caballos para el *reigning*, un deporte ecuestre y una de las disciplinas de la Monta Western.

–El médico nos dijo el otro día que, a partir de ahora, puede ocurrir en cualquier momento –respondió Ryder lanzando una preocupada mirada a Summer, su esposa, que estaba sentada charlando con Bria, la mujer de Sam, y Mariah, la hermana de Bria–. Y cuanto más se acerca la fecha…

–Nervioso, ¿eh? –intervino Lane con una sonrisa traviesa.

–Mucho –respondió Ryder desviando los ojos hacia su mujer, como si así quisiera asegurarse de que todo iba a ir bien.

–Te entiendo perfectamente, Ryder –declaró

Sam asintiendo–. Un mes antes de que Bria tuviera a Hank, miré en el mapa el camino más rápido para ir al hospital e hice la ruta en coche varias veces para asegurarme de que llegaba a tiempo.

–Durante años, los dos habéis ayudado a las vacas a parir –dijo Nate en términos prácticos–. De no haber tenido otro remedio, podrías haber asistido en el parto de Hank, Sam. Y tú, Ryder, podrías hacer de matrona cuando Summer tenga al niño.

Todos lanzaron una mirada de desdén a Nate; después, sacudieron la cabeza y continuaron la conversación.

–¿Qué pasa? –preguntó Nate confuso.

–Cuando llegue el momento, quiero lo mejor para mi esposa, y soy lo suficientemente hombre como para reconocer que yo no soy lo mejor –respondió Ryder con una expresión que no dejaba lugar a dudas de lo que pensaba de la lógica de Nate.

–¿Has dado tu brazo a torcer por fin y le has preguntado al médico si va a ser niño o niña, Ryder? –preguntó Jaron Lambert mirando hacia el otro lado del patio, donde las mujeres estaban sentadas.

–La verdad es que nos da igual si es niño o niña con tal de que esté sano y de que Summer no sufra ningún percance –contestó Ryder sacudiendo la cabeza–. Summer quiere que sea una sorpresa y yo quiero lo que ella quiera.

–Pues yo espero que sea niña –declaró Jaron.

Lane lanzó una queda carcajada.

–¿Sigue Mariah sin hablarte, hermano?

–Todavía está enfadada por lo que dije cuando Sam y Bria nos contaron que iban a tener un hijo.

Jaron y Mariah llevaban discutiendo desde que se enteraron de que Bria y Sam iban a ser padres. Jaron había asegurado que iba a ser niño, en tanto que Mariah había insistido en que iba a ser niña. Al parecer, a Mariah no le había sentado bien el regodeo de Jaron por haber acertado.

–Sí, a las mujeres no les gusta que un hombre tenga la razón –comentó Lane sonriendo.

–Vaya, habló Freud –Lane se echó a reír.

–¿Por qué no dejas de marear la perdiz e invitas a esa chica? –preguntó Lane.

–Ya te lo he dicho en varias ocasiones, soy demasiado mayor para ella –respondió Jaron de mala gana.

–Eso es una tontería y lo sabes perfectamente –interpuso T. J.–. Solo le llevas ocho años. Quizá fuera distinto cuando tú tenías veintiséis y ella dieciocho, pero ella ahora tiene veintitantos. La diferencia de edad ya no importa.

–Exacto. Y, además, no creo que fuera a rechazar la invitación –añadió Ryder–. Le gustas desde que te conoció, aunque no consigo comprenderlo.

Interesándose de súbito por la puntera de sus botas, Jaron se encogió de hombros.

–En fin, da igual. No puedo permitirme distracciones en estos momentos, tengo que trabajar duro si quiero ganar el campeonato del mundo.

Iba a competir por tercer año consecutivo en el All-Around Rodeo Cowboy Championship, un campeonato en el que el vaquero debía participar en dos o más modalidades de rodeo.

—Bueno, mientras vosotros tratáis de hacer entrar en razón a Jaron, yo voy a ver si saco a bailar a esa dama —dijo Nate sonriente.

Todos volvieron la cabeza para ver a la mujer a la que Nate se había referido y, de repente, Lane se quedó sin respiración. Algo más alta que la media, la pelirroja en cuestión no era solo bonita, sino deslumbrante. El largo y liso cabello cobrizo contrastaba con su blanca tez blanca.

—¿Quién es esa? —preguntó T. J., que parecía tan perplejo como Lane.

—No sé, es la primera vez que la veo —respondió Lane mirando a su alrededor. No parecía acompañar a ninguno de los invitados.

—Acabará de llegar —dijo Nate—. De lo contrario, nos habríamos dado cuenta.

Mientras Nate se acercaba a la recién llegada, Lane pensó que esa mujer era, sin lugar a dudas, una de las mujeres más bonitas que había visto en su vida.

Cuando la banda de música paró para tomarse un descanso, Lane vio a Nate hablar con la mujer; después, vio a su hermano encogerse de hombros y volver hacia ellos. La mujer les miró desde el otro lado de la pista de baile y luego se acercó a la mesa con la comida y la bebida.

—No parece que hayas tenido mucho éxito, Nate —dijo T. J. riendo.

Nate sacudió la cabeza.

—Debo estar perdiendo mis encantos.

—¿Por qué dices eso? —preguntó Sam—. ¿Acaso ha oído hablar de tu fama de mujeriego?

—No, listillo —respondió Nate a Sam antes de dirigirse a Lane—. Me ha hecho preguntas sobre ti.

—¿Sobre mí? —era lo último que Lane había esperado oír. ¿Qué quería esa mujer saber de él?—. ¿Qué te ha preguntado?

—Quería saber cuánto tiempo llevas viviendo aquí, en Lucky Ace, y si tienes intención de quedarte en el rancho o venderlo —Nate frunció el ceño y volvió la cabeza para mirar a la mujer—. Ni siquiera sabía cuál de nosotros eras. He tenido que decírselo yo.

Lane miró con perplejidad a la desconocida, que estaba examinando la comida. Supuso que debía haber sido una de las espectadoras de alguno de los torneos de póquer en los que él había jugado. Pero, inmediatamente, rechazó la idea. De haber sido así, Nate no habría tenido que indicarle cuál de ellos era.

—Parece que tienes una admiradora, Lane —dijo Ryder sonriendo maliciosamente.

—Lo dudo —contestó Lane sacudiendo la cabeza—. Si ese fuera el caso, Nate no tendría que haberle dicho quién soy.

Todos sus hermanos asintieron.

Tras decidir que no podía pasarse el resto de la fiesta preguntándose quién era esa mujer, Lane respiró hondo.

—En fin, voy a ver a qué ha venido.

–Buena suerte –dijo Jaron.

–Si te va tan mal como a Nate, dímelo para que vaya a probar suerte yo –añadió T. J. riendo.

Ignorando las bromas de sus hermanos, Lane se dirigió a la mesa a la que estaba sentada sola aquella mujer.

–¿Le importa si me siento? –preguntó Lane al tiempo que sacaba una silla para sentarse–. Soy…

–Sé quién es. Usted es Donaldson –se quedó en silencio un momento; después, sin levantar la vista del plato, sacudió la cabeza–. Está bien, siéntese. No serviría de nada que le dijera que sí me importa.

La frialdad de su actitud, su negativa a mirarle directamente, le hizo vacilar. Estaba casi seguro de que no se conocían. ¿Qué podía haber hecho él para ofenderla? ¿Y por qué había irrumpido en su fiesta solo para amargársela?

–Perdone si no me acuerdo, pero… ¿nos conocemos de algo? –preguntó Lane, decidido a averiguar qué pasaba.

–No.

–En ese caso, ¿a qué viene tanta hostilidad hacia mí? –preguntó él directamente, volviendo a arrimar la silla a la mesa. No tenía intención de sentarse si ella no quería estar en su compañía.

–He venido a hablar con usted, pero prefiero no hacerlo delante de sus invitados –dijo ella. Y, cuando sus ojos esmeralda por fin le miraron, brillaban de ira–. Hablaremos cuando haya terminado la fiesta.

Lane examinó sus delicados rasgos mientras trataba de adivinar qué la habría llevado allí. No se conocían. Ella se había presentado a su fiesta sin que nadie la invitara y estaba muy disgustada con él. Y encima, para colmo, se negaba a decirle por qué.

No sabía qué se traía entre manos esa mujer, pero algo quería. Y él iba a descubrirlo, aunque tendría que esperar a que los invitados se hubieran marchado.

Indicando el plato de ella con un gesto, sonrió fríamente.

—La dejaré para que coma tranquila. La veré después de la fiesta.

Al alejarse, Lane se miró el reloj. Como jugador profesional de póquer, había aprendido a tener paciencia. Pero le iba a costar mucho aquella tarde. Estaba deseando que todo el mundo se marchara para ver qué quería esa mujer.

Mientras Taylor Scott esperaba a que los invitados se marcharan, se protegió con el manto de la ira y se recordó que estaba allí cumpliendo una misión. Donaldson era un tramposo y un sinvergüenza con pantalones vaqueros y un sombrero Resistol, tan negro como su corazón. Pero con lo que no había contado era con que fuese tan endiabladamente guapo.

Mientras le veía despedirse de una mujer a punto de dar a luz y de su marido, no pudo evitar notar lo alto que era y el magnífico físico que tenía: sumamente ancho de hombros, cintura estrecha, piernas largas y musculosas y calzado con botas. Parecía un hombre que se pasara la vida haciendo trabajo físico, no sentado durante horas interminables en una mesa de póquer. Pero lo que más le había sorprendido era la calidez y la sinceridad que había detectado en sus ojos color chocolate, rodeados de largas y negras pestañas, eran la clase de ojos en los que una mujer se podía perder sintiéndose al mismo tiempo a salvo.

Taylor sacudió la cabeza. Donaldson podía ser alto, moreno y guapo, pero no era de fiar. Era un tramposo, un engatusador y un ladrón. No era posible que hubiera ganado la mitad del rancho Lucky Ace jugando contra su abuelo sin hacer trampas. Durante más de sesenta años, su abuelo había sido considerado uno de los mejores jugadores profesionales de póquer a nivel mundial, y su abuelo no habría apostado la mitad de su rancho de no haber estado completamente seguro de ganar.

—Vamos adentro —dijo Donaldson tras acercarse a la mesa en la que ella estaba sentada.

—¿Por qué?

Hacía años que no estaba en la casa de su abuelo y no sabía si iba a poder contener las lágrimas.

Donaldson señaló a los de la empresa de catering, que estaban recogiendo.

—Me parece que estaremos más tranquilos en mi despacho —Lane se encogió de hombros—. Pero si usted prefiere…

–De acuerdo, vayamos al despacho –dijo ella poniéndose en pie–. Dudo mucho que usted quiera que nadie más oiga lo que tengo que decirle.

Él se la quedó mirando unos segundos antes de asentir. Después, se apartó para dejarla que le precediera hasta la entrada de la casa.

Taylor sintió la mirada de él en su espalda mientras subía los escalones y cruzaba el porche, pero ignoró el escalofrío de placer que sintió. Había ido a Texas por un motivo. Iba a enfrentarse al hombre que le había robado parte del rancho de su abuelo, le iba a comprar su parte y se iba a dar el gran gusto de echarle de la propiedad.

Pero al entrar en la cocina, una intensa emoción hizo que se olvidara de Donaldson. Casi no pudo soportar estar en casa de su abuelo, consciente de que él ya no estaba allí y no estaría jamás.

–El despacho es por ese pasillo y a la…

–Lo sé –le espetó ella, interrumpiéndole.

Le irritó tremendamente que un extraño le diera direcciones en una casa de la que guardaba los más felices recuerdos de la infancia.

Tuvo que hacer un esfuerzo para contener las lágrimas al entrar en el despacho de su abuelo.

–Por favor, siéntese, señorita…

–Me llamo Taylor Scott –respondió ella automáticamente.

Asintiendo, Donaldson le indicó uno de los sillones de cuero delante del escritorio.

–¿Le apetece beber algo, Taylor?

Oírle pronunciar su nombre con esa voz grave

le provocó un hormigueo en el estómago, pero respiró hondo para recuperar la compostura mientras se sentaba en el sillón.

—No, gracias.

Él dejó el sombrero en el aparador; después, caminó hacia el escritorio y se sentó en una silla de respaldo alto.

—¿Qué es lo que tiene que decirme?

Quizá, si esperaba a revelar su identidad, podría lograr que él se incriminara y confesara que le había hecho trampas a su abuelo.

—Me gustaría saber qué piensa hacer con su parte de Lucky Ace —declaró ella mirándole a los ojos.

No le sorprendió que la expresión de él fuera impasible. Al fin y al cabo, era un jugador profesional de póquer y ducho en controlar sus emociones.

—No tengo por costumbre hablar de cosas de semejante naturaleza con los desconocidos —respondió él, eligiendo las palabras cuidadosamente.

—Tengo entendido que ganó la mitad de este rancho en una partida de póquer con Ben Cunningham —cuando Donaldson asintió, ella continuó—: He venido a comprarle su parte del rancho.

Él sacudió la cabeza lentamente.

—No está a la venta.

—¿Seguro, Donaldson? La oferta que voy a hacerle es sumamente generosa.

—Por favor, llámeme Lane —dijo él sonriendo, y a ella le dio un pequeño vuelco el corazón.

Tenía como clientes a algunos de los más famosos actores de Hollywood. Esos hombres habían gastado miles de dólares en el dentista y en cirujanos plásticos, y ni aun así podían igualar la perfecta sonrisa de Donaldson.

Sacudió la cabeza y decidió centrarse en el hecho de que era un tramposo.

—Estoy dispuesta a pagar más del precio del mercado si abandona la propiedad en el plazo de una semana —insistió ella.

—Me gusta esto y, aunque no me gustara, no vendería mi parte de Lucky Ace sin antes consultarlo con mi socio, que en estos momentos está en California —se la quedó mirando en silencio durante unos segundos, como si analizara la situación antes de volver a hablar—. ¿Por qué cree que quiere mi parte del rancho?

—No lo creo, lo sé —respondió ella impaciente.

—¿Por qué? —repitió él en tono exigente.

Taylor notó que Donaldson se estaba irritando con la situación. Pero confiada en tener un as en la manga, no pudo evitar sonreír.

—Antes de contestar a eso, ¿le importaría que le hiciera un par de preguntas, Donaldson?

Él se la quedó mirando momentáneamente antes de responder.

—Puede hacerlas, aunque no sé si las respuestas serán de su agrado.

—¿Cómo consiguió que Ben Cunningham apostara una parte de su rancho en una partida de póquer el otoño pasado? —preguntó Taylor.

–¿Por qué piensa que fue idea mía que cubriera su apuesta con la mitad de Lucky Ace? –preguntó él recostando la espalda en el asiento.

–¿Insinúa que lo hizo voluntariamente?

–¿Por qué opina que no fue así, Taylor? –dijo él con enervante tranquilidad.

Taylor había oído que era psicólogo y supuso que los rumores eran ciertos.

–Resulta que sé que no habría apostado su rancho a menos que hubiera estado completamente seguro de ganar –declaró ella.

–Así que conoce al señor Cunningham –dijo él con expresión impenetrable.

–Sí. Y bastante bien. Pero ya hablaremos de eso más tarde. Lo que me gustaría saber es por qué está viviendo en esta casa.

–Eso no es asunto suyo, señorita Scott.

–Usted ha ganado varios de los principales torneos de póquer. Yo supongo que, con su considerable fortuna, preferiría vivir en un lugar más animado, no un rancho perdido en medio del campo –dijo Taylor, esperando que le diera una indicación del motivo que le había llevado a residir en casa de su abuelo.

–Lo siento, pero no voy a picar el anzuelo, Taylor –con sorpresa, le vio sonreír–. Y ahora… ¿por qué no empezamos de nuevo y me dice de una vez lo que tiene que decirme sin más rodeos?

Taylor, dándose cuenta de que no iba a sonsacarle nada sin decirle quién era, respiró hondo.

–Soy la nieta de Ben Cunningham y quiero saber cómo consiguió hacerle apostar la mitad del rancho en esa partida de póquer. También quiero saber por qué está viviendo aquí y qué le haría vender su parte del rancho y marcharse de Lucky Ace.

–Ya que me está sometiendo a un interrogatorio, no me queda más remedio que suponer que Ben no le ha dado ninguna explicación, ¿verdad? –Donaldson arqueó una oscura ceja.

–No.

–En ese caso, dado que él no le ha dicho nada a usted, yo no estoy en posición de traicionar su confianza –Donaldson sacudió la cabeza–. Lo que sí puedo decirle es que fue él quien sugirió que me viniera aquí y estuviera al cuidado del rancho mientras él estaba en California, haciéndole una visita a usted y a sus padres.

–Insisto, ¿cómo le obligó a que apostara el rancho? –dijo Taylor irritada–. ¿Cómo lo consiguió?

–Yo no tuve nada que ver con que Ben apostara la mitad de su rancho. Fue idea suya única y exclusivamente –respondió Donaldson.

–Me cuesta mucho creerle, Donaldson –incapaz de permanecer quieta, Taylor se puso en pie y se paseó por delante del escritorio–. Mi abuelo compró esta tierra hace sesenta años con el primer dinero que ganó con el póquer. Adoraba este lugar. Y cuando se casó con mi abuela, construyeron la casa y mi madre se crio aquí. Jamás se le ocurrió jugarse la propiedad. ¿Qué motivo podía tener para hacerlo el otoño pasado?

–Eso tendrá que preguntárselo a Ben –Donaldson sonrió–. Desde hace un par de meses no he tenido noticias de él. ¿Cómo está su abuelo? ¿Le está sentando bien el sol de California? ¿Ha mencionado cuándo piensa volver al rancho?

Taylor se detuvo y se volvió de cara a él. Las lágrimas le quemaban los ojos, pero se negó a permitir que su enemigo las viera. Respiró hondo para tranquilizarse.

–Mi abuelo murió hace tres semanas.

La sonrisa de Donaldson desapareció al instante.

–No sabe cuánto lo siento. Ben era un buen hombre y uno de los mejores jugadores de póquer que he tenido el honor de conocer. Le doy mi más sentido pésame.

–Gracias –contestó Taylor volviendo a sentarse en el sillón.

–Tenga, beba –dijo Donaldson al tiempo que le daba un vaso y se sentaba en el sillón contiguo al de ella.

–¿Qué es? –preguntó Taylor mirando el líquido transparente.

–Agua –contestó él con una amable sonrisa–. ¿De qué ha muerto? –preguntó en voz baja.

–Un ataque al corazón. Al parecer, llevaba tiempo con problemas de corazón, pero no se lo había dicho a nadie.

Guardaron silencio unos momentos.

–No comprendo por qué la federación de póquer no anunció el fallecimiento de Ben la semana pasada en el torneo de Las Vegas.

Taylor se bebió el agua y dejó el vaso encima del escritorio.

—No lo anunciaron porque no lo saben. Mi abuelo nos pidió que no dijéramos nada a nadie hasta después de esparcir sus cenizas aquí, en el rancho.

—¿Es por eso por lo que ha venido? —preguntó Donsaldson—. ¿Para decirme que va a esparcir las cenizas de Ben?

—No —Taylor esquivó su mirada—. De eso me encargué ayer por la tarde, a la puesta de sol.

—Si estaba aquí ayer... ¿cómo es que no la vi?

—Porque conozco esta propiedad como la palma de mi mano —respondió ella—. A tres kilómetros de aquí, en dirección oeste, hay un camino que lleva al río que pasa por la parte sur del rancho. El abuelo me dijo que, si algo le ocurría, quería que echara sus cenizas al río al atardecer, justo en el lugar donde le pidió la mano a mi abuela —Taylor se miró las manos—. Supongo que comprenderá que era algo muy personal, muy íntimo.

—Por supuesto —dijo él con voz queda.

—Y ahora que ya sabe que mi abuelo ha muerto, no tiene motivos para no responder a mis preguntas —Taylor le lanzó una punzante mirada—. Además, yo he heredado la otra mitad de Lucky Ace, por lo que soy copropietaria y me da derecho a saber todo lo referente a la propiedad. Y lo primero que quiero saber es cómo consiguió engañar a mi abuelo.

Capítulo Dos

Lane se quedó mirando a Taylor conteniendo su irritación al tiempo que trataba de asimilar haber perdido a un buen amigo y socio. Le molestaba que se hubiera puesto en duda su integridad y que debiera defenderla, pero no parecía quedarle más remedio.

–Antes de que esto vaya a más, permítame que deje clara la situación, señorita Scott –dijo Lane–. Nunca he sido un fullero ni un tramposo. Me tomo muy en serio el póquer y le aseguro que no tengo que hacer trampas para ganar. Compito con otros jugadores y soy lo muy bueno, por eso tengo éxito, igual que su abuelo.

–Pero él llevaba jugando al póquer más años de los que tiene usted –insistió ella–. ¿Cómo pudo ganarle sin hacer trampas?

–Sé que debe serle difícil de creer, pero su abuelo y yo teníamos mucho en común –declaró Lane–. Respetábamos el juego y éramos buenos contrincantes. Si no logra aceptar que yo tuviera la habilidad necesaria para ganar a su abuelo, lo siento; pero, al igual que le ocurría a Ben, a mí no me hacen falta las trampas para ganar.

Lane se puso en pie, necesitaba una copa. Se

acercó al aparador, se sirvió una copa de bourbon y se la bebió de un trago. Después, se volvió hacia ella.

—El día que gané la mitad de este rancho fue porque tuve mejor mano que la de su abuelo —Lane sacudió la cabeza—. Otro día, quién sabe, él podría haberme ganado. El juego es así, siempre hay que contar con el azar cuando se juega.

—Sé perfectamente que existe el riesgo de perder —dijo ella con menos seguridad que antes. Después, se llevó una delicada mano a la boca para cubrir un bostezo—. Pero algunos dicen que mi abuelo era quizá el mejor jugador de póquer de los últimos años. Sabía cuáles eran las probabilidades de ganar una mano y cuánto podía apostar sin arriesgar mucho. Jamás habría apostado la mitad del rancho si no hubiera estado completamente seguro de ganar.

—¿Y el hecho de que se equivocara me convierte en un tramposo? —preguntó Lane en tono duro.

Ella bostezó de nuevo.

—No habría arriesgado…

—Creo que ya hemos hablado del asunto lo suficiente —le interrumpió él. Tomó aire para calmar su creciente enfado. Esa mujer no le creía, y seguir dándole explicaciones no iba a conducirles a ninguna parte—. Bueno, son más de las doce de la noche, continuemos la conversación mañana por la mañana.

Ella se lo quedó mirando un momento y, por fin, asintió y se puso en pie.

–¿Dónde se hospeda? –preguntó Lane–. La llevaré a su hotel.

–No voy a ir a ninguna parte, me quedo aquí –declaró ella con decisión.

Resignándose, Lane salió con ella al vestíbulo.

–¿Tiene usted una habitación concreta en la que se quedaba cuando venía a visitar a su abuelo?

–Mi habitación es la que tiene cortinas y colcha de color azul y que, siguiendo el pasillo, está al extremo opuesto de la habitación principal –respondió Taylor, y se dirigió a la cocina–. Voy un momento a recoger mi equipaje.

–Deme las llaves del coche, iré yo –dijo Lane.

Aunque esa mujer le había irritado más que de sobra, no iba a perder los modales.

–No se moleste, puedo hacerlo yo –insistió ella al tiempo que se sacaba un manojo de llaves del bolsillo de pantalón.

Lane le quitó las llaves e ignoró el cosquilleo que le subió por el brazo al rozarle los dedos.

–Está cansada –dijo él apretando los dientes–. Suba a la habitación, dejaré el equipaje delante de la puerta de su cuarto.

–Es la mochila azul que está en el asiento de delante –dijo ella mientras él salía por la puerta.

Ella dijo algo más que no entendió bien, porque continuó caminando hacia el deportivo rojo aparcado al lado de su furgoneta.

En ese momento, cuanto más lejos de ella mejor. De lo contrario, iba a perder los estribos y a decirle lo que pensaba de sus ridículas acusaciones.

O… a besarla hasta que los dos olvidaran que ella era una dama y él un caballero.

Pero… ¿cómo se le había ocurrido semejante cosa? Podía ser una de las mujeres más bonitas que había visto en sus treinta y cuatro años de vida, pero era un auténtico problema andante.

Sacudió la cabeza, abrió el Lexus y agarró la mochila. El suave y limpio aroma del perfume de ella le hizo recordar lo mucho que hacía que no tenía a una mujer en los brazos. Ese aroma fue un motivo más de frustración.

Apretó los dientes al sentir un intenso calor en el cuerpo. ¿Cómo podía desear a una mujer que le irritaba en extremo? ¿Y cómo ella había conseguido hacerle olvidar todo lo que había aprendido en los siete años que había pasado estudiando psicología?

Desde el primer momento se había dado cuenta de que ella había ido allí en busca de información. Y él, a su vez, había evitado responder haciendo preguntas. Le había resultado incluso gracioso el interrogatorio de ella. Pero lo que no perdonaba eran las acusaciones.

Lane era buen jugador de póquer, pero jamás había hecho trampas.

También era un psicólogo especializado en comportamiento humano. Sus estudios le habían enseñado a ser paciente, a observar y a escuchar, pero también a controlar sus emociones. La psicología le había sido de gran utilidad a lo largo de los años y le había ayudado **mucho** en su carrera de jugador de póquer.

Pero con Taylor sus conocimientos no le valían de nada. Cuando ella le clavaba esos grandes ojos verdes, se encontraba perdido.

Tras pronunciar en voz baja todas las maldiciones que se le ocurrieron, cerró bruscamente la portezuela del coche. De vuelta a la casa, miró la pequeña mochila que tenía en una mano. Taylor debía llevar poca ropa, lo que significaba que no se quedaría allí más de una o dos noches. Mejor para él.

Cuanto antes regresara a California y le dejara en paz, mejor.

Bastante antes del amanecer, Taylor se dio media vuelta en la cama y echó una mirada al despertador. Como mucho había dormido un par de horas, y en ese tiempo había soñado con el hombre alto y moreno que dormía en la habitación enfrente de la suya.

Cansada de seguir dando vueltas en la cama, lanzó un suspiro, apartó las sábanas, y se sentó.

¿Cómo conseguir que Donaldson le vendiera su mitad del rancho y desapareciera para siempre? ¿Y por qué demonios tenía que ser tan atractivo?

Seguía sin estar convencida de que no hubiera engañado a su abuelo en aquella partida de póquer, pero Donaldson había argumentado bien su inocencia y, a pesar de lo buen jugador que había sido su abuelo, empezaba a considerar la posibilidad de que Donaldson hubiera jugado limpio. Al fin y al cabo, por mucho que le doliera admitirlo, su abuelo podría haber cometido un error al calcular las posibilidades de ganar aquella maldita mano.

Pero lo que más le preocupaba de Donaldson era la forma como le afectaba a ella. En el momento en que se le acercó durante la fiesta para presentarse, la había dejado sin respiración; y, desde entonces, seguía sin respirar con normalidad. Nunca había reaccionado así con ninguno de los hombres con los que había salido, y mucho menos con uno del que no se fiaba.

Agotada emocionalmente y disgustada por cómo le afectaba Donaldson, decidió hacer lo que siempre la calmaba y le devolvía la objetividad: cocinar. Después de una rápida ducha.

Veinte minutos más tarde, Taylor se recogió el pelo húmedo en una cola de caballo y fue a la cocina. Después de poner la cafetera, se puso a trabajar. Examinó el contenido de la despensa y del frigorífico, decidió lo que iba a preparar de desayuno y abrió uno de los muebles para sacar unos cuencos.

–¿Le importa si me sirvo un café? –dijo una voz grave a sus espaldas.

El sobresalto casi hizo que se le cayeran los cuencos al suelo al darse la vuelta. El corazón comenzó a latirle con fuerza y respiró hondo.

–Me ha quitado diez años de vida.

–Perdón –dijo él. Después, dejó el sombrero en un gancho al lado de la puerta y se sirvió una taza de café–. No era mi intención asustarla. Creía que me había oído –la ronca risa de él hizo que se le erizara la piel–. Es difícil no hacer ruido al andar con estas botas sobre el suelo de madera.

Taylor le miró de pies a cabeza. Ningún hombre tenía derecho a estar tan guapo a esas horas tan tempranas.

La noche anterior, con pantalones vaqueros azules y camisa blanca, le había parecido extraordinariamente guapo. Pero no había sido nada comparado con lo guapo que estaba en ese momento. Donaldson, con unos vaqueros viejos y una camisa de trabajo, estaba arrebatador. Los ojos y el pelo negro junto a una barba incipiente le conferían un aspecto de chico malo que le erizaba la piel.

Enfadada consigo misma por el rumbo de su pensamiento, Taylor dejó los cuencos de metal en la encimera y fue a agarrar unos huevos.

–¿Dónde está el ama de llaves de mi abuelo?

–Marie se jubiló a primeros de año y todavía no he contratado a nadie –respondió él.

A Taylor no le sorprendió oír aquello. La mujer que había contratado su abuelo al morir su esposa debía rondar los setenta años.

–El desayuno estará listo en unos minutos –dijo ella rompiendo los huevos para batirlos–. ¿Por qué no se sienta a la mesa?

–¿Qué va a preparar? –preguntó él, sentándose.

–Tostadas con queso y salsa de arándanos; por encima, le echaré una salsa de vainilla –contestó Taylor mientras faenaba.

–Suena muy bien, pero… ¿no es demasiado elaborado para un desayuno de rancho? –comentó él–. Debe gustarle mucho cocinar.

Taylor se encogió de hombros.

–Teniendo en cuenta que he estudiado en la Escuela de Artes Culinarias de California y que después fui a París a estudiar pastelería, sí, se puede decir que me gusta cocinar.

–Parece un trabajo interesante. ¿Tiene muchos clientes?

Asintiendo, Taylor echó salsa de vainilla en la fruta.

–Cuando empecé a trabajar, me apunté a una asociación de cocineros y la asociación me puso en contacto con algunos clientes. Ahora, esos clientes me recomiendan a otros. También consigo trabajo de gente que asiste a fiestas para las que preparo comida.

–Debe ser muy buena en su trabajo –comentó él.

Taylor llevó los platos a la mesa y se sentó.

–Júzguelo usted mismo –Taylor le vio contemplar la comida como si dudara de que fuera apta para ser ingerida. Apenas conteniendo la risa, le preguntó–: ¿Le pasa algo?

–Anoche dejó muy claro la opinión que tiene de mí, así que supongo que comprenderá que no las tenga todas conmigo –respondió él sonriendo.

–Es verdad que no me fío del todo de usted, pero eso no significa que usted no pueda fiarse de mí –Taylor le cambió el plato por el suyo–. Ahora ya no tiene por qué tener miedo.

Lane agarró el cuchillo y el tenedor y cortó la tostada.

–¿Qué le parece si empezamos de nuevo? –sugirió él–. Tratemos de ser amables el uno con el otro hasta que vuelva a Los Ángeles. Y… ya es hora de que nos tuteemos, ¿no?

–De acuerdo. Si la relación es más distendida, me resultará más fácil… convencerte de que me vendas tu parte del rancho –concedió Taylor.

–Ya te dije anoche que mi parte no está en venta. Pero sí estaría dispuesto a comprarte la tuya –dijo Lane antes de llevarse un trozo de tostada a la boca.

–Ni hablar. Me encanta este lugar. En la infancia pasé momentos muy felices aquí –irritada por la oferta de Lane, Taylor dejó el tenedor en el plato y le miró con enojo–. Mi abuelo sabía lo mucho que este rancho significaba para mí y quería dejármelo en herencia. Yo no voy a vender mi parte, ni a ti ni a nadie.

Lane bebió un sorbo de café.

–En ese caso, antes de que regreses a Los Ángeles, tendremos que llegar a un acuerdo en cómo dirigir el rancho y en los plazos para que recibas las ganancias que de él procedan.

–No voy a volver a Los Ángeles –dijo ella. Y, con gran satisfacción, vio la expresión de disgusto de él.

–¿Que no vas a volver a Los Ángeles?

Perdido el apetito, Taylor se levantó de la mesa y echó los restos de comida del plato a la basura.

—Mi intención es venir a vivir permanentemente al rancho.

—¿Y tus clientes de Los Ángeles? —preguntó él, que parecía más irritado cada segundo que pasaba—. ¿Y cómo es que piensas quedarte si apenas cabe ropa en la mochila que has traído?

—Hace más de una semana que les comuniqué a mis clientes mi traslado y les recomendé a otro cocinero —respondió ella—. He alquilado mi casa, los muebles están en un guardamuebles y una empresa de mudanzas me va a traer la ropa, que se supone que llegará la semana que viene. Además, en el maletero del coche tengo más equipaje.

Lane se levantó bruscamente, dejó el plato en el fregadero, se acercó a la puerta y agarró el sombrero.

—¿Vas a venir a almorzar?

—No.

—En ese caso, me dará tiempo a limpiar mi habitación y guardar mis cosas —dijo ella.

—Iré a la barraca de los empleados para ver si alguno está libre al mediodía para ayudarte a traer el equipaje —dijo él sin volverse.

Antes de que ella pudiera darle las gracias, Lane abrió la puerta y se marchó.

—Se lo ha tomado mejor de lo que pensaba —murmuró mientras colocaba los platos en el lavavajillas.

***

Lane, montado en su caballo, cruzó al paso los pastos en dirección a la barraca. Tenía que encontrar la forma de hacer que Taylor le vendiera su parte del rancho. Y si no lo conseguía, al menos debería lograr convencerla de que volviera a Los Ángeles y le dejara en paz.

Comprendía su apego al rancho de su abuelo, pero él también se había encariñado con aquella propiedad. Por primera vez en más de veinte años, se sentía realmente en casa y no estaba dispuesto a renunciar a ello.

Pensó en los planes que había hecho de cara al futuro. Había ganado una fortuna con el póquer y había hecho buenas inversiones; si no quería, no tenía que volver a trabajar en su vida. Pero, para él, jugar al póquer o trabajar en el rancho no era realmente trabajar. El póquer era un pasatiempo. Le gustaba competir y enfrentarse a jugadores tan habilidosos como él y, si en algún momento dejaba de interesarle, lo dejaría. En cuanto a trabajar en el rancho, más bien lo veía como un estilo de vida; hasta seis meses atrás, no se había dado cuenta de lo mucho que lo había echado de menos. Por eso tenía intención de mejorar Lucky Ace, quería introducir una manada de ganado vacuno que pastase libremente por los pastos y también tenía pensado criar y entrenar caballos para los rodeos.

Sin embargo, sus planes podían verse truncados si Taylor insistía en trasladarse al rancho y participar en la dirección de este. Por ese motivo, pasó el día reparando vallas y molinos de viento, tanto si era necesario como si no. La actividad le ayudó a pensar. Desgraciadamente, no sacó ninguna conclusión, a excepción de que Taylor, al igual que él, no quería vender su parte de Lucky Ace.

Cuando en el otoño ganó la mitad del rancho, su intención había sido vendérselo a Ben. Pero Ben le había pedido que se trasladara a la propiedad para encargarse de ella mientras él pasaba el invierno con su familia en California. Ben le había dicho que ya volverían a hablar en primavera; entretanto, que utilizara el tiempo para decidir qué quería hacer, si vender o no. Los últimos seis meses le habían hecho recordar el tiempo pasado en el rancho Last Chance y darse cuenta de que se había precipitado al ofrecer a Ben venderle lo que le había ganado jugando al póquer.

La mirada de Lane se perdió en la distancia. Ser enviado al rancho Last Chance de adolescente, al cuidado de Hank Calvert, su padre de acogida, había sido lo mejor que le había ocurrido en la vida. Solo tenía buenos recuerdos del tiempo que había estado allí.

Hank había sido el hombre más sabio que Lane había tenido el honor de conocer. No solo había enseñado a sus chicos a superar el enfado arraigado en ellos y sus tendencias autodestructivas mediante los trabajos propios del rancho y del rodeo, también les había inculcado un código de conducta ejemplar. Los hombres a los que seguía llamando hermanos y él se habían convertido en honestos y productivos miembros de la sociedad gracias a Hank. Poco a poco habían formado una verdadera familia con sólidos y fuertes lazos de unión.

Lane respiró hondo. A pesar de haber superado los momentos más oscuros de su pasado, de tener una familia a la que quería y de, con la ayuda de Hank, haber ganado dinero suficiente en los rodeos para devolver lo que anteriormente había robado, no le gustaba recordar su problemática adolescencia.

Por supuesto, no había tenido otra opción. Pero robar y engañar eran robar y engañar, tanto si se tenían motivos para ello como si no.

De ahí su fuerte reacción cuando le acusó el día anterior de haber engañado a su abuelo. Sin saberlo, le había hecho recordar quién había sido, lo que había sido y lo que podría seguir siendo de no haberse enderezado.

Al llegar a la explanada delante de la casa del rancho, desmontó a Blue, su caballo, y lo llevó al establo. Mientras le quitaba la silla de montar y lo cepillaba, Lane consideró sus opciones.

Suponía que podía venderle a Taylor su mitad del rancho y buscar otra propiedad para comprar; pero, inmediatamente, rechazó la idea. Texas era un Estado muy grande, pero no había a la venta muchos ranchos del tamaño de Lucky Ace, y menos en esa zona, cerca de sus hermanos. Además, había ganado su parte del rancho limpiamente y no iba a permitir que nadie le hiciera sentirse culpable y obligarle a vender, ni siquiera una pelirroja con los ojos más verdes que había visto en la vida y un cuerpo que le hacía desear pasar horas enteras acariciándolo.

Cuando su cuerpo reaccionó con solo pensar en ella, dejó de cepillar al caballo, lo llevó a su pesebre y lanzó una maldición. Frustrado, decidió poner remedio a la situación. Tan pronto como se diera una ducha y se arreglara, iba a ir a Beaver Dam con el fin de ver si encontraba una cariñosa y dispuesta hembra. Quizá así lograra no pensar en lo atractiva que era Taylor Scott y comenzara a verla solo como su socia en el negocio.

Cruzó la explanada con paso decidido y subió los escalones del porche.

–Taylor, no voy a cenar aquí –dijo nada más entrar en la cocina–. Voy a ir a...

Lane se interrumpió al verla sacudir la cabeza vigorosamente.

–¿Qué pasa? –preguntó él acercándose a ella, que estaba batiendo algo en un cuenco.

Taylor hizo un movimiento de cabeza indicando el pasillo.

–No consigo deshacerme del tipo que enviaste para que me ayudara a traer mis cosas a la casa –susurró ella.

–No le envié yo expresamente, se ofreció voluntario cuando mencioné que necesitabas ayuda –explicó Lane en voz baja–. No te preocupes, ahora mismo voy y me deshago de él.

Cuando Lane entró en el cuarto de estar, encontró a Roy Lee Wilks arrodillado delante de la chimenea de piedra. No conseguía encenderla.

–Deja eso, Roy Lee. No vamos a necesitar encenderla. Estamos a más de veintisiete grados ahí fuera.

–Hola, jefe –dijo el joven–. Ya me extrañaba a mí que la señorita Scott me pidiera que hiciera una hoguera –el empleado se quitó la gorra y se pasó la mano por el sudado pelo rubio–. Además, no se me estaba dando nada bien.

Lane se miró el reloj.

–Marty debe estar a punto de servir la cena en el cobertizo. Será mejor que vayas antes de que Cletus se coma su parte y la tuya.

Roy Lee se colocó el gorro en la cabeza, se puso en pie y asintió.

–Antes de irme voy a preguntarle a la señorita Scott si me necesita para algo más.

Lane sacudió la cabeza.

–Gracias, pero has pasado la mayor parte del día ayudándola, ya le ayudaré yo si necesita algo más.

Roy Lee pareció estar a punto de protestar; pero, decidió que era mejor no enfadar al jefe.

–Bueno, hasta mañana entonces –dijo por fin.

Lane esperó a que Roy Lee se despidiera de Taylor y se marchara. Entonces, se acercó al mostrador donde ella estaba dando los últimos toques a un postre.

–Y ahora que el problema de Roy Lee está solucionado, voy a darme una ducha antes de salir para Beaver Dam.

–¿No vas a cenar en casa? –preguntó ella con

expresión de desilusión–. He preparado chuletón, patatas asadas con hierbas aromáticas y queso, espárragos con salsa holandesa y, de postre, *crème brûlée.*

Lane se quedó mirando sus ojos verdes. Taylor se había tomado muchas molestias en preparar la cena y, a juzgar por la expresión de su bonito rostro, iba a sentirse sumamente desilusionada si él no se quedaba a cenar. En ese instante, decidió que si quería convencerla de que le vendiera su parte del rancho o de que volviera a Los Ángeles, iba a tener que ser muy amable con ella.

–No creía que tuvieras ganas de hacer cena después de pasarte el día deshaciendo el equipaje y arreglando tus cosas –mintió Lane.

Taylor le sonrió de una manera que le hizo temblar.

–Cocinar me relaja.

–¿Me da tiempo a darme una ducha antes de la cena? –preguntó él mientras comenzaba a desabrocharse los botones de los puños de la camisa.

–Claro. Cuando bajes, estará todo listo.

Asintiendo, Lane apretó los dientes, salió de la cocina y se dirigió a las escaleras. No estaba nada contento con el cambio de planes, pero ya no podía remediarlo.

Capítulo Tres

–Gracias por deshacerte de Roy Lee –dijo Taylor mientras se sentaba en la silla que Lane había apartado de la mesa para ella–. Me ha dado tal alivio.

Lane encogió los hombros y se sentó a la cabeza de la mesa.

–No creo que te molestara a propósito.

–No, yo tampoco lo creo –admitió Taylor–. Lo que pasa es que siempre me pareció un poco siniestro, incluso de adolescente.

–¿Le conoces desde hace mucho?

Taylor asintió.

–Antes de salir del instituto, comenzó a venir aquí, al rancho, a trabajar durante el verano –Taylor se quedó pensativa unos momentos–. Eso debió ser… hace unos doce años.

–Aparte de quedarse aquí más de lo debido hoy, ¿ha hecho o dicho algo Roy Lee alguna vez que te haya molestado? –preguntó Lane antes de beber un sorbo de cabernet que ella había servido.

–No, nada en concreto –mientras movía los espárragos en el plato con el tenedor, Taylor trató de encontrar las palabras que expresaran lo que sentía–. Sé que pueden ser solo imaginaciones mías, pero me da la impresión de que Roy Lee está observándome todo el tiempo. Es como… como uno de esos cuadros que parecen seguirte con la mirada a todas partes.

Taylor se estremeció y añadió:

—Es un poco siniestro.

—Intentaré evitar que venga a la casa —dijo Lane antes de llevarse a la boca un trozo de carne. Después de tragar, sonrió—. Esto está muy bueno.

—Gracias —respondió Taylor con la esperanza de que sus habilidades culinarias pusieran de buen humor a Lane—. Me alegro de que te guste.

Un incómodo silencio les acompañó durante el resto de la cena. Cuando terminaron el postre, ella tenía los nervios a flor de piel. El día anterior había intentado convencerle de que le vendiera su parte del rancho, pero el intento se había visto frustrado. Ahora probaba suerte con eso de que a un hombre se le conquistaba por el estómago. Además era una cuestión de justicia. El Lucky Ace llevaba años perteneciendo a su familia y su abuelo había sabido lo mucho que el rancho significaba para ella. Su abuelo siempre le había dicho que quería que algún día fuera suyo y jamás le había dado a entender que quisiera que lo compartiera con otra persona.

—Después de recoger la cocina, me gustaría hablar contigo —dijo Lane, sacándola de su ensimismamiento.

—¿Sobre el rancho? —preguntó Taylor, sin atreverse a hacerse ilusiones respecto a que Lane hubiera cambiado de opinión y se mostrara razonable.

Lane asintió mientras se levantaba de la silla.

—Hace una tarde muy agradable. ¿Por qué no salimos al porche a hablar mientras vemos la puesta de sol?

Taylor se levantó de la mesa y aclaró los platos antes de meterlos en el lavavajillas. Después, guardó la carne que había sobrado en el frigorífico. Mientras recogían la cocina, ella se puso cada vez más nerviosa, pero no porque le preocupara la inminente conversación que iban a sostener.

¿Por qué se fijaba tanto en lo guapo que Lane estaba con esa camisa negra y los vaqueros? ¿Y por qué olía tan condenadamente bien?

Se rozaron los dedos cuando él le pasó las copas de vino y le envolvió una oleada de deseo. Estuvo a punto de dejar caer las copas de delicado cristal.

—Esto ya casi está —Taylor se aclaró la garganta, esperaba que a Lane no le hubiera parecido su voz tan ronca como a ella—. ¿Por qué no sales al porche mientras acabo aquí? Enseguida iré.

—¿Estás segura?

¿Era su imaginación o Lane parecía aliviado? ¿Acaso él también había sentido la tensión en el ambiente?

Taylor forzó una sonrisa y asintió.

—Sí, no tardo nada.

Cuando Lane salió, Taylor apoyó los codos en el fregadero y suspiró. ¿Cómo podía un hombre ser tan atractivo?

Lane Donaldson era un intruso, el enemigo,

por nada en el mundo debería atraerla. Pero mientras terminaba de limpiar la encimera, admitió que, a parte de su extraordinario físico, ese hombre poseía un encanto difícil de resistir. ¿Cuántos hombres quedaban que retiraran la silla de la mesa y la sujetaran hasta que una mujer se sentara? ¿Cuántos habrían insistido en llevar el equipaje del coche a la casa, y eso después de haberle acusado de robarle a su abuelo la mitad del rancho?

Se sentía algo culpable por eso. Pero, al mismo tiempo, no había podido evitar el enfado que le había producido la seguridad de que su abuelo hubiera sido víctima de Donaldson. Sin embargo, ahora…

Seguía sin estar completamente segura de que Lane Donaldson no hubiera hecho trampas a su abuelo. No obstante, sí sabía algo con certeza: Lane no iba a aprovecharse de ella.

–¿Has terminado ya? –le preguntó Lane cuando ella abrió la puerta de rejilla y salió al porche al cabo de unos minutos.

Lane estaba sentado en los escalones con los brazos apoyados en las rodillas. Contemplaba el sol que se ocultaba por el horizonte.

–Sí, no quedaba casi nada –respondió Taylor acercándose al columpio para sentarse.

Los dos guardaron silencio unos minutos. Por fin, fue Lane quien habló.

–He estado pensando en la situación en la que nos encontramos. Creo que tengo la solución.

–¿Vas a venderme tu parte del rancho? –preguntó Taylor.

En lo que a ella se refería, esa era la única solución aceptable.

La ronca risa de Lane hizo que un escalofrío le recorriera el cuerpo.

–No. Y apuesto a que tú tampoco estás dispuesta a venderme tu parte.

–Eso de ninguna manera –contestó ella.

–Sí, me lo figuraba –Lane se puso en pie, se le acercó y se apoyó en uno de los postes del porche–. Pero creo que los dos estamos de acuerdo en que tal y como están las cosas ahora no podemos seguir.

Taylor asintió.

–En eso te doy toda la razón. Así no podemos continuar.

–Antes de que te diga lo que se me ha ocurrido, voy a pedirte que me escuches bien antes de responder –Lane se cruzó de brazos–. ¿Crees que podrás hacerlo, Taylor?

Taylor se quedó sin respiración al oír esa voz profunda pronunciar su nombre.

–Yo… de acuerdo. ¿Qué es lo que se te ha ocurrido?

–Quiero que juguemos al póquer –dijo Lane–. Si ganas, te venderé mi parte de Lucky Ace y no volverás a verme.

A Taylor se le encogió el corazón. Aunque su abuelo había sido un gran jugador de póquer, a ella nunca le había interesado ese juego y no sabía jugar. ¿Qué posibilidades tenía de ganarle a Donaldson?

Además, no se fiaba del todo de que él jugara limpio. Y aunque así fuera, Lane era un profesional y de la misma categoría que su abuelo. Ni en sueños le ganaría.

–¿Y si ganaras tú? –preguntó ella, consciente de que no le iba a gustar la respuesta de Lane.

Él sonrió.

–Si yo gano, tú te vas a California y yo me quedo en el rancho.

–Ni hablar –respondió Taylor sacudiendo la cabeza–. No voy a arriesgarme a perder mi parte…

Lane alzó una mano, interrumpiéndola.

–Has prometido que me escucharías.

Taylor le miró furiosa mientras se cruzaba de brazos.

–Está bien. Continúa.

–Yo no he dicho que fueras a perder tu parte del rancho –explicó él con calma–. Si ganara yo, tú no perderías tu parte, solo te irías a California y vendrías aquí de vacaciones de vez en cuando. No creo que hubiera problema en llegar a un acuerdo respecto a la frecuencia con la que recibirías informes sobre la marcha del rancho y tu parte en las ganancias. Al mismo tiempo, redactaríamos un documento en virtud del cual si alguno de los dos quisiera vender su parte el otro, tendría prioridad para comprarla.

Desconfiada, Taylor preguntó:

–¿Por qué tanta generosidad? Me has dicho

que si yo ganara tú me venderías tu parte. ¿No debería pasar lo mismo si ganaras tú? ¿No querrías que yo te vendiera mi parte?

–No voy a negar que me gustaría quedarme con toda la propiedad –admitió él–. Pero soy consciente de que estas tierras eran de tu abuelo y que para ti tienen un valor sentimental. Eso lo respeto y, ya que significa tanto para ti, no me creo con derecho a pedirte que renuncies a esta tierra.

–¿Por qué la quieres tú? –preguntó Taylor. La obstinación de él debía tener un motivo y estaba decidida a averiguarlo–. Para ti no tiene el valor sentimental que tiene para mí.

Lane se quedó pensativo unos momentos. Después, se encogió de hombros.

–En la última parte de mi adolescencia acabé en un lugar bastante parecido a este. Cuando me vine aquí el otoño pasado… me di cuenta de lo mucho que echaba de menos la vida en un rancho.

–Debe haber otros muchos ranchos a la venta –dijo ella con la esperanza de que Lane entrara en razón–. Texas no es el único Estado con ranchos. Estoy segura de que podrías encontrar uno en cualquier otra parte. Así no tendrías que asociarte con nadie, serías el único propietario.

–Todos mis hermanos tienen ranchos por esta zona; como mucho, a unas horas de distancia en coche. Y no hay ningún rancho del tamaño de Lucky Ace a menos de un día de viaje por carretera –Lane sonrió–. Estoy seguro de que comprendes que quiera estar cerca de mi familia y de que no esté dispuesto a comprar algo que realmente no me guste.

Taylor se le quedó mirando fijamente sin poder evitar preguntarse cómo sería querer estar cerca de la familia. Ella era la única hija de dos personas que jamás debieron casarse, el único miembro de la familia con el que había tenido estrechas relaciones era su abuelo. Solo había logrado escapar a las constantes disputas de sus padres en aquel rancho con su abuelo, una auténtica bendición. Por eso significaba tanto para ella. Lucky Ace representaba la tranquilidad que jamás había sentido en su casa. Pero no era algo que pudiera comentar con cualquiera, y menos con Lane Donaldson.

—Bueno, ¿qué te parece mi idea? —preguntó Lane al verla tan callada—. ¿Te parece bien solucionar el problema que tenemos con una partida de póquer?

—Deja que lo piense antes de tomar una decisión —contestó Taylor.

Lane sonrió.

—No te preocupes, tómate todo el tiempo que necesites.

—Te responderé dentro de uno o dos días a lo sumo.

Taylor se puso en pie y se dirigió hacia la puerta. Entonces, se paró y se dio media vuelta con la intención de añadir que le gustaría solucionar el tema lo antes posible, pero se le olvidó lo que iba a decir al chocarse con el ancho pecho de Lane.

Inmediatamente, él la rodeó con los brazos para impedir que se cayera.

–Perdona. No esperaba que te parases.

Mientras Taylor le miraba a los ojos, dejó de respirar. Se encontraba completamente rodeada por él, y la sensación que eso le produjo no fue nada desagradable.

El corazón le palpitó con fuerza.

–Yo… bueno… creo que me voy a la cama –balbució ella, incapaz de pensar con claridad.

¿Qué demonios le pasaba?

Lane le apartó del rostro una hebra de cabello. Las yemas de los dedos de él le rozaron la piel, quizá por más tiempo del necesario. Un ardiente cosquilleo le recorrió el cuerpo.

Cuando él bajó la cabeza, ella contuvo la respiración en espera de un beso. Pero en vez de cubrirle la boca, los labios de Lane le susurraron al oído:

–Que duermas bien, Taylor.

Entonces, Lane la soltó y dio un paso atrás. Y a ella le llevó unos instantes darse cuenta de que la miraba a la expectativa.

–¿Algo más? –preguntó él.

–Mmm… No, nada, Lane –logró decir Taylor por fin.

Con gran esfuerzo, Taylor abrió la puerta de rejilla y no paró hasta que no se encontró en su habitación con la puerta firmemente cerrada. Entonces se apoyó en la puerta y se dijo a sí misma que ya podía volver a respirar. Lane poseía más sensualidad en el dedo pulgar que la mayoría de los hombres en el cuerpo entero.

Cerró los ojos con fuerza e intentó borrar la imagen de él sosteniéndole la mirada mientras se inclinaba sobre ella. Había creído que iba a besarla. Y ella no había hecho nada por impedírselo.

—Compórtate —se ordenó a sí misma en voz baja mientras se apartaba de la puerta.

No le interesaban los amoríos de una noche, tampoco le interesaban las relaciones serias ni, en definitiva, los hombres. Estaba harta de presenciar durante veintiocho años la miserable existencia de sus padres presos en su matrimonio. Si algo había aprendido de ello era a negarse a tener esa clase de vida.

Agarró la camiseta que se ponía para dormir y fue al cuarto de baño. Mientras se ponía la camiseta y se lavaba los dientes, se dijo a sí misma que el motivo por el que no pensaba con claridad era por la inesperada propuesta de Lane. Pero al mirarse al espejo, negó con la cabeza a su imagen en el espejo. Por mucho que intentara justificarse, el hecho era que ese hombre le atraía. Cosa que no le hacía ninguna gracia.

Lane salió de la ducha temblando y agarró la toalla para secarse. Dos duchas de agua fría en menos de doce horas era más de lo que un hombre podía soportar, y no estaba dispuesto a sufrir una tercera.

Después de rodear a Taylor con los brazos cuando ella se chocó con él, vio anhelo en sus verdes ojos. Por este motivo, se pasó la noche entera en vela y subiéndose por las paredes.

Entró en el dormitorio, se vistió rápidamente y se puso las botas de trabajo. Iba a bajar a desayunar y le iba a decir a Taylor que no cenaría en casa esa noche. Si no conseguía acostarse con una mujer, iba a volverse loco.

Lo único que podía solucionar la situación era que uno de los dos se marchara de Lucky Ace. Por eso había propuesto la partida de póquer. Si no se equivocaba respecto a ella, Taylor querría ganar su parte de Lucky Ace con la misma clase de juego que Ben había perdido. Estaba seguro de que ella querría así vengar a su abuelo y darse la satisfacción de ganarle a él.

La conciencia le recordó que él era un profesional y que eso le confería una injusta ventaja. Pero Ben debía haberle enseñado a Taylor su estrategia y su estilo de juego. Además, eso haría más interesante el juego. Sí, esperaba que Taylor aceptara su oferta.

Al entrar en la cocina unos minutos después, en vez de encontrar a Taylor haciendo el desayuno la vio hablando por teléfono. ¿Con quién podía estar hablando a las cinco de la mañana?

—Acaba de bajar a desayunar —dijo Taylor sonriendo—. ¿No quieres decírselo tú mismo?

Lane frunció el ceño.

—¿Quién es?

–Uno de tus hermanos –respondió ella pasándole el inalámbrico.

Mientras ella volvía para seguir con lo que estaba haciendo, Lane apretó los dientes mientras se pegaba el auricular al oído. La última vez que uno de sus hermanos le había llamado a esas horas había sido para comunicarle que su padre de acogida había muerto de un ataque al corazón.

–¿Qué pasa? –preguntó dirigiéndose al estudio.

No sabía cuál de sus hermanos estaba al teléfono, pero no importaba. Todos ayudaban a todos.

–Estás hablando con el orgulloso padre de una niña –dijo Ryder completamente feliz.

Con un enorme alivio de que no se tratara de una mala noticia, Lane sonrió y se sentó.

–¡Felicidades! ¿Qué tal Summer y la niña?

–Las dos están bien –respondió Ryder–. Summer está cansada, como es lógico, pero el parto no ha podido ir mejor.

–Estupendo. ¿Y tú qué tal? –preguntó Lane riendo.

–Ver a Summer dar a luz ha sido una de las experiencias más increíbles de mi vida –dijo Ryder–. Digamos que me estoy recuperando, no te digo nada más.

–Me alegro. ¿Cómo se va a llamar mi sobrina? –preguntó Lane volviendo a la silla.

–Eso lo dejo en manos de Summer –Ryder hizo una pausa para controlar la emoción–. Me da igual el nombre que elija. Te juro que no creía posible querer tanto de repente a algo tan pequeño.

–Vas a ser un padre estupendo –dijo Lane, también sobrecogido de emoción, y se aclaró la garganta–. Ya te estoy viendo sentado en una silla diminuta bebiendo en un pequeña taza color rosa un té imaginario.

Ryder se echó a reír.

–Lo haré encantado por complacer a mi niña.

–¿Cuándo vamos a conocer al nuevo miembro de la familia? –preguntó Lane con la esperanza de que fuera pronto.

Desde que Sam y su esposa tuvieron al pequeño Hank, se sentía el orgulloso tío de la criatura.

–Hace unos minutos he hablado con Sam y me ha dicho que Bria y Mariah llevan unas semanas pensando en preparar una cena para celebrar el nacimiento de mi hija –respondió Ryder.

–No me sorprende en absoluto –comentó Lane–, teniendo en cuenta lo mucho que a Bria le gustan las reuniones familiares. Dime cuándo va a ser y allí estaré.

–Lo haré, hermano –le aseguró Ryder–. Oye, antes de que cuelgue y llame a los demás, ¿te importaría decirme quién es Taylor Scott y por qué ha contestado ella al teléfono?

–Es muy largo de contar –respondió Lane.

–¿Por qué no me das una versión abreviada? –insistió Ryder.

Lane suspiró sonoramente.

–Es la nieta de Ben Cunningham –dijo Lane. Con un poco de suerte, su hermano daría por satisfecha su curiosidad.

–¿Ha venido con Ben? –le preguntó Ryder.

–No. Ben falleció hace unas tres semanas –no le sorprendió que Ryder le exigiera más explicaciones–. Y antes de que me hagas más preguntas, te diré que Taylor es la pelirroja de la fiesta del otro día. Ben le ha dejado su parte del rancho.

–Siento lo de Ben. Sé que erais buenos amigos después de que le ganaras la mitad del Lucky Ace –dijo Ryder–. Pero no pareces entusiasmado con la idea de compartir el negocio con la nieta.

–No tendré problemas si consigo convencerla de que vuelva a California y me deje en paz –admitió Lane–. Ha decidido que quiere quedarse aquí y participar activamente en la dirección del rancho.

–Vaya, esto se está poniendo muy interesante. Cuenta, cuenta –Ryder parecía encantado con el lío en el que él se encontraba.

–No vas a dejarme tranquilo, ¿verdad? –preguntó Lane, aunque conocía la respuesta.

–Eh, Freud, tú no me dejaste en paz hasta que conseguiste que le pidiera a Summer que se casara conmigo –le espetó Ryder.

–Eh, lo tuyo no tenía nada que ver con lo mío, son situaciones completamente distintas –dijo Lane sacudiendo la cabeza–. Tú estabas locamente enamorado. Yo, no. Ni siquiera sé si me gusta. Es muy cabezota, obstinada y suspicaz.

–En resumen, es un reto y eso la hace más atractiva, ¿no es verdad? –preguntó Ryder, demostrando que le conocía bien.

Lane apretó los dientes.

–¡Listillo!

–Vamos, déjate de evasivas y contesta –insistió Ryder.

En esos momentos, a Lane le habría gustado estrangular a su hermano.

–Adiós, Ryder.

–Hasta luego, hermano.

Lane recordó la risa de Ryder hasta bastante después de cortar la comunicación. Quería a sus hermanos con locura, pero a veces no los aguantaba. Ryder veía cosas que no existían. Y sabía que, en muy poco tiempo, todos sus hermanos estarían enterados de la situación. Y una vez que el resto de sus hermanos supiera lo que pasaba, iban a sacarle de quicio con sus bromas.

Pero estarían totalmente equivocados. La atracción que sentía por Taylor se debía, fundamentalmente, al tiempo que llevaba sin tener en los brazos a una mujer. Él era un hombre sano que había descuidado sus necesidades básicas, los dos se encontraban viviendo en la misma casa porque ninguno quería marcharse de allí. Era lógico que, hasta que no soltara la tensión acumulada, iba a desear a esa mujer.

Confiado en haber analizado correctamente la situación, se puso en pie y se dirigió a la cocina.

–Taylor, esta noche no voy a cenar en casa. Voy a ir a Beaver Dam.

***

Lane aparcó la camioneta al lado del pequeño deportivo rojo de Taylor, apagó los faros y lanzó una maldición. Su visita al Broken Spoke en Beaver Dam había resultado una total pérdida de tiempo... y no porque no hubiera encontrado mujeres interesadas en él. En concreto, una morena le había dejado muy claro que estaba dispuesta a pasar la noche con él y sin compromisos de ningún tipo. Pero él ni siquiera había tenido ganas de invitarla a bailar.

¿Qué demonios le pasaba? Seguía con los nervios a flor de piel y había hecho un trayecto de una hora en coche para nada, a pesar de que la morena se había mostrado más que dispuesta.

Después de salir del coche, mientras caminaba despacio hacia los escalones del porche, decidió que no se iba a autoanalizar con el fin de comprender su reacción. Tenía la sensación de que no le gustaría la conclusión a la que podía llegar.

—No te esperaba tan pronto —dijo Taylor cuando él entró en la cocina.

Estaba sentada a la mesa con el ordenador. Rápidamente, ella cerró el portátil como si no quisiera que viera lo que aparecía en la pantalla.

—¿Te apetece una taza de café? —le preguntó.

—¿Por qué no? —no era la cafeína lo que le impedía dormir, sino la mujer que tenía delante—. No te molestes, me lo pondré yo.

—He estado pensando... —dijo Taylor mientras él se servía el café antes de acercarse a la mesa y sentarse.

Lane no estaba seguro de querer saber qué había pensado Taylor; pero después de beber un sorbo de café, preguntó:

—¿Qué?

—En eso de jugarnos Lucky Ace a las cartas —respondió ella.

Taylor se mordió el labio inferior con expresión reflexiva y Lane contuvo un gruñido. Lo que más le habría gustado en el mundo era mordisquear esos perfectos labios color coral.

¿Por qué no había despertado su deseo la morena del Broken Spoke? Con repentina claridad, vio en qué había radicado el problema. La mujer del Broken Spoke no era pelirroja ni tenía los ojos más verdes que había visto nunca.

—Si accediera a jugarme la propiedad, exigiría la presencia de un testigo imparcial durante la partida para verificar el resultado —declaró ella, ajena a la lucha interior que estaba sosteniendo él.

—Por supuesto —dijo Lane—. Me parece lo correcto, teniendo en cuenta lo que nos jugaríamos.

—¿Dónde sería la partida? —preguntó Taylor—. ¿Aquí o en un lugar neutral?

—Ya que el juego es ilegal en el Estado de Texas, tendríamos que ir a Luisiana —Lane sacudió la cabeza.

Cuando ganara, quería hacerlo con todas las de la ley, sin que nadie pudiera cuestionar la validez de la partida.

—¿Por qué no en Las Vegas? —preguntó Taylor con suspicacia.

Lane se encogió de hombros.

–Si es ahí donde te gustaría ir, por mí no hay inconveniente. Solo que me parecía más fácil ir a Shreveport, ya que está a solo unas horas de aquí en coche.

Taylor frunció el ceño.

–No sabía que estuviera mucho más cerca que Las Vegas. Quizá tengas razón y fuera mejor ir ahí.

–Tengo un amigo que es dueño de uno de los mejores casinos de allí –Lane sonrió–. Podría hablar con él para que nos reservara una habitación privada para la partida, acompañados de nuestro testigo, por supuesto.

–¿Es ahí donde le ganaste la mitad del rancho a mi abuelo? –preguntó ella de repente.

A Lane no le gustó el recelo que brilló en esos ojos verdes.

–Sí.

–En ese caso, prefiero no jugar allí –declaró ella, sacudiendo la cabeza.

–¿Por qué no?

–No tengo nada en contra de ese hombre, pero estoy segura de que comprendes que prefiera que la persona que se encargue de organizar la partida no sea un amigo tuyo –dijo ella con decisión, al tiempo que se levantaba para servirse café.

Lane dejó su taza en la mesa, se levantó y se plantó de cara a ella.

–Dejemos las cosas claras, cielo. Cole Sullivan es uno de los hombres más honestos que conozco. No solo es un amigo en el que confío plenamente, también era muy buen amigo de tu abuelo –Taylor dio un paso atrás y él uno adelante–. Es más, cuando yo conocí a Cole, era amigo de tu abuelo desde hacía años.

–Ah, no lo sabía. En fin, en ese caso… Solo quería estar segura de que la partida iba a ser neutral.

–En otras palabras, quieres estar segura de que no voy a hacer trampas –dijo avanzando hacia ella.

–Yo no… he dicho eso –balbució Taylor, que continuó retrocediendo hasta toparse con los muebles de la cocina.

Lane colocó las manos en la encimera a ambos lados de Taylor y se inclinó hacia ella, atrapándola literalmente.

–Sé que te resulta difícil de creer, pero yo no le hice trampas a tu abuelo y no tengo intención de hacer trampas contigo.

Mientras la miraba, el enfado se transformó en otra cosa. Bajó la voz, le acarició la mandíbula con el dedo índice y añadió:

–Créeme, Taylor, yo solo juego limpio.

Lane notó el mismo anhelo de la noche anterior en los ojos de ella. Pero esta vez, no pudo contenerse.

–Voy a hacer lo que debería haber hecho anoche.

Sosteniéndole la mirada, comenzó a bajar la cabeza muy despacio.

–¿Qué-qué… es? –preguntó ella casi sin respiración.

–Voy a besarte.

Al momento, Lane le cubrió la boca con la suya.

Capítulo Cuatro

Taylor se sintió incapaz de protestar. Llevaba queriendo ese beso desde la noche anterior, y se había llevado una gran decepción porque Lane no la había besado. Lo que era una locura, teniendo en cuenta que no estaba segura de poder fiarse de él y que ella no se comportaba así normalmente. Pero no podía negar que nunca un hombre la había atraído como Lane. Y, al parecer, era incapaz de resistirse a él.

Cuando Lane la estrechó en sus brazos y la atrajo hacia sí, dejó de pensar en lo impropio de su comportamiento. Lane le mordisqueó los labios y la suavidad de la lengua de él acariciándole la suya le causó un maravilloso hormigueo en el vientre. Cuando le puso las manos en el fuerte pecho, al detectar la dureza de los músculos bajo la camisa, pensó qué se sentiría teniéndole encima mientras hacían el amor.

La idea la dejó sin respiración. ¿Por qué soñaba despierta con Lane Donaldson? Era el hombre que se interponía entre ella y lo que quería obtener: la completa propiedad del rancho. Rápidamente, le empujo para apartarlo de sí.

–Yo… no deberíamos…

En vez de soltarla, Lane continuó abrazándola.

—No voy a pedir disculpas por algo que ambos queremos —dijo él negando con la cabeza.

—Yo no quiero… Bueno, supongo que sentía curiosidad, pero… —Taylor apretó los labios y apoyó la cabeza en el pecho de él, rindiéndose. Al parecer, no lograba pensar con coherencia.

La grave risa de él le provocó un intenso calor en todo el cuerpo.

—Ahora, quien no es honesta eres tú.

Taylor no quería ponerse en evidencia y, por tanto, se limitó a encogerse de hombros.

—Bueno, ¿te parece entonces que llame a Cole Sullivan mañana para pedirle que organice la partida? —preguntó Lane.

—No estoy del todo convencida.

¿Cómo iba a arriesgas tanto en una partida de cartas sin tener ni idea de lo que hacía?

Lane le puso los dedos en la barbilla y la obligó a alzarla para mirarla a los ojos.

—¿De qué es de lo que no estás convencida, Taylor? ¿Dudas de que no sea un juego limpio?

Ella se lo quedó mirando a los ojos y suspiró.

—No sé si seré capaz de jugar contra ti o contra cualquier otra persona —respondió ella por fin.

Taylor frunció el ceño.

—¿Por qué no?

—Porque no tengo ni idea de jugar al póquer —contestó ella.

—¿Nunca has jugado? ¿Vas a decirme que Ben no te enseñó a jugar?

Taylor negó con la cabeza.

–Sé que suena raro, teniendo en cuenta que era un jugador magnífico y que yo pasaba temporadas aquí. Pero me interesaban más otras cosas que hacía con él, como montar a caballo o pescar en el río.

–En ese caso, jugarnos el Lucky Ace al póquer no tiene sentido –dijo él despacio.

–Sí, vamos a jugar, aunque no sé cuándo. Mientras tú estabas fuera esta tarde, yo he estado mirando por Internet y me ha parecido que el póquer no es muy complicado. Lo que no sé es cuánto tiempo me va a llevar hacerme con él –declaró Taylor acercándose a la mesa para abrir el portátil–. No voy a perder la oportunidad de hacerme con tu mitad del rancho.

Le molestó que Lane echara la cabeza hacia atrás y se riera a carcajadas.

–No es posible que hables en serio.

Taylor le miró furiosa.

–Hablo completamente en serio.

–El póquer no se aprende de un día para otro –dijo él sacudiendo la cabeza–. Además de que hay diferentes modalidades de póquer, jugar bien es difícil. Hay que saber cuándo retirarse y cuándo seguir apostando, hay que lograr adivinar la mano del contrincante. Y eso no es más que el principio, cielo.

–¿Eres tan machista como para pensar que una mujer no puede aprender? –inquirió ella con creciente mal humor.

–No, en absoluto. En realidad, algunos de los mejores jugadores de póquer son mujeres. Así que no me acuses de pensar que las mujeres no son suficientemente inteligentes para jugar al póquer porque no es el caso.

–¿Qué es lo que has querido decir entonces?

–Lo que pretendo que comprendas es que la cosa no es tan simple como aprenderse las reglas del juego –Lane agarró la taza de café que estaba en la mesa y la llevó al fregadero–. Una página web o un libro no pueden enseñarte a interpretar los tics de un jugador o a contener y ocultar los tuyos. Y, repito, eso no se aprende en Internet. Lleva práctica, paciencia y capacidad de observación.

Taylor se mordió el labio inferior. No comprendía lo que Lane le estaba diciendo. No iba a rendirse solo por su falta de conocimiento.

–No vamos a jugar la partida mañana –declaró ella, preguntándose cuánto le llevaría encontrar una página web que le explicara lo que Lane había mencionado y, después, cuánto tiempo le llevaría jugar lo suficientemente bien como para ganarle.

Lane sonrió.

–Si quieres podrías volver a California y aprender allí a jugar; entonces, cuando te parezca que estás preparada, organizaríamos la partida.

–¿Es que no oyes lo que digo? –preguntó Taylor llevándose las manos a las caderas. Te he dicho que no voy a volver a California; a menos, por supuesto, que ganes tú la partida. Si ese fuera el caso, me marcharía inmediatamente –Taylor sonrió–.

Será mejor que aceptes de una vez que voy a quedarme aquí hasta que juguemos al póquer, Lane.

A juzgar por el movimiento muscular de la mandíbula de Lane, no estaba muy contento. Una pena, porque ella tenía todo el derecho del mundo a estar en el rancho y Lane no podía hacer nada por impedírselo.

Tras decidir que tenía que seguir investigando sobre el juego del póquer, Taylor agarró el portátil y echó a andar hacia el vestíbulo. Pero, de repente se detuvo y se dio media vuelta.

–Has dicho que hay varias modalidades de póquer. ¿Qué modalidad vamos a jugar nosotros?

–*Texas hold´em* –respondió Lane muy serio.

–En ese caso, esa es la que aprenderé –respondió Taylor asintiendo–. Antes de la partida tendremos que redactar un documento en el que se establezcan los términos del acuerdo. Los dos lo firmaremos delante de un testigo neutral.

–Sigues sin confiar en mí, ¿verdad?

–Si quieres que te diga la verdad, todavía no sé si puedo confiar en ti o no. Pero siempre he oído que lo mejor es dejar claro, y por escrito, este tipo de cosas –Taylor se volvió para dirigirse a las escaleras.

Sería un gran placer ganar a Lane al póquer, teniendo en cuenta que él era un profesional. Además de recuperar Lucky Ace, pondría remedio a la equivocación de su abuelo de haber apostado la mitad del rancho en una partida.

Después de encender el portátil, se sentó en la

cama con él. Pensándolo bien, quizá debiera haber rechazado la oferta de Lane y haber pensado en otra manera de decidir cuál de los dos se quedaba con el rancho. Pero no había querido arriesgarse a que Lane cambiara de idea y decidiera dejar las cosas como estaban. Por nada del mundo quería que Lane fuese propietario de la mitad de Lucky Ace.

Además, ella era inteligente y aprendía con rapidez. Era perfectamente lógico pensar que tenía posibilidades de ganar.

Cuando Lane subió a su habitación, vio luz por la rendija de la puerta del dormitorio de Taylor. Debía estar viendo páginas web referentes a la modalidad de póquer que iban a jugar.

De haber sabido que Taylor no conocía el juego, no se le habría ocurrido proponer apostar su parte de la propiedad en una partida. Ella no tenía idea de cómo jugar, y él era un profesional. Y ahora, ¿qué se suponía que debía hacer?

La conciencia no le permitía aprovecharse de la inexperiencia de ella, pero estaba seguro de que Taylor no se echaría atrás por nada del mundo. En realidad, solo había una cosa que podía, más o menos, solucionar el problema.

Sacudió la cabeza al pensar en lo ridículo de la situación, se acercó al cuarto de ella y llamó a la puerta. Casi no podía creer que se le hubiera ocurrido semejante disparate.

–¿Ocurre algo? –preguntó ella cuando abrió la puerta.

Estaba adorable con esos pantalones pirata color verde lima y una camiseta rosa con mariposas estampadas. Se le secó la garganta al darse cuenta de que no llevaba sujetador.

–No, nada –respondió él tras unos segundos de silencio–. Se me ha ocurrido que, si insistes en que nos juguemos el rancho a las cartas, vas a necesitar que alguien te enseñe a jugar.

–La única persona que podría haberme enseñado era mi abuelo –contestó ella encogiéndose de hombros.

Lane asintió.

–Y como eso ya no es posible, no veo más remedio que enseñarte yo mismo.

Los ojos de ella se agrandaron.

–¿Qué?

–Es la única opción –insistió Lane.

–¿Crees que me he vuelto loca? –preguntó Taylor echándose a reír–. ¿Por qué ibas tú a enseñarme un juego al que tengo toda la intención de ganar? ¿Y cómo sabría yo que me vas a enseñar con honestidad y no para hacerme perder?

–En primer lugar, te diré que tu abuelo era amigo mío. Me he ofrecido a enseñarte por admiración y respeto a él. En segundo lugar, a pesar de que no lo creas, soy una persona de principios.

Por razones que no llegaba a comprender él mismo, estaba decidido a dejarle claro a esa mujer que era un hombre honesto y de fiar.

–Cuando nos juguemos el rancho a las cartas –continuó Lane–, quiero que sea en una partida justa y que ambos estemos en igualdad de condiciones. De no ser así, lo mejor sería que hicieras las maletas y regresaras a Los Ángeles.

Ella arqueó las cejas.

–¿Tan bueno te crees?

Lane sonrió traviesamente.

–Lo soy, cielo. Por eso es por lo que estoy dispuesto a ayudarte.

Taylor empezó a morderse el labio inferior y Lane le puso un dedo en la boca.

–Lección número uno: deja de morderte los labios cuando estás decidiendo qué hacer. Ese es uno de tus tics y dejas que se te note la inseguridad.

–¿Tengo más de un tic? –preguntó ella.

Mirándola a los ojos, él asintió.

–Cuando crees que llevas ventaja, sonríes –le puso las manos en el rostro–. Y cuando piensas que voy a besarte, agrandas los ojos… a la espera –Lane bajó la cabeza despacio–. Es lo que estás haciendo ahora mismo.

Al cubrir la boca de Taylor con la suya, se dio cuenta de que estaba jugando con fuego. Eran contrincantes y ella, fácilmente, podía acusarle de utilizar su mutua atracción para convencerla de que le vendiera su parte del rancho. O peor aún, Taylor podía pensar que estaba tratando de ganarse su confianza para traicionarla después, mientras la enseñaba a jugar al póquer.

No le gustaba encontrarse en esa situación, pero no parecía capaz de contenerse. Cada vez que se acercaba a Taylor, solo conseguía pensar en besarla y… en mucho más.

Le acarició los labios con la lengua y la instó a permitirle la entrada. Cuando ella suspiró y abrió la boca, no se lo pensó dos veces y profundizó el beso. Nunca en sus treinta y cuatro años de edad había saboreado algo tan erótico y sensual como Taylor. Cuando ella le rodeó el cuello con los brazos y se apoyó en él, la estrechó con más fuerza y se endureció en un abrir y cerrar de ojos.

Un intenso calor le subió por el cuerpo. Había imaginado que Taylor le apartaría de sí, pero, con intensa satisfacción, comprobó que ella estaba igualmente excitada. Con súbita claridad, comprendió que la tensión entre ambos se debía, en gran medida, a la innegable química entre los dos.

La idea le hizo sentirse incómodo. Necesitaba tiempo para pensar; por eso, soltó a Taylor y dio un paso atrás.

—Creo que debería dejar que descansaras —dijo Lane, consciente de que no tendría más remedio que darse otra ducha de agua fría y pasar otra noche subiéndose por las paredes.

Mientras la miraba, le fue imposible no notar el sonrojo de deseo en las sedosas mejillas de ella y la turbia expresión de sus ojos verdes. Estaba convencido de que, haciendo el amor, Taylor mostraría la misma pasión que mostraba para lograr hacerse con la parte del rancho que le correspondía a él.

Rápidamente, se volvió para cruzar el pasillo e ir a su dormitorio.

–Empezaremos el aprendizaje del juego mañana por la mañana después de desayunar.

–Todavía no he accedido a que me enseñes a jugar –le recordó ella.

Con una mano en el pomo de la puerta de su cuarto, Lane volvió la cabeza.

–¿Se te ocurre una idea mejor?

–Bueno… no –admitió Taylor.

–¿Crees que puedes ganarme aprendiendo a jugar por tu cuenta?

Taylor empezó de nuevo a morderse el labio inferior; entonces, paró y sacudió la cabeza.

–En fin, supongo que no me pasará nada si me enseñas algunas cosas –Taylor hizo una pausa y se encogió de hombros antes de añadir–: Si eso es lo que tú quieres hacer, claro.

Lane casi se echó a reír. Hasta ese momento, no había sido del todo consciente de lo independiente que era Taylor. Necesitaba que pareciera que era ella quien le hacía un favor al dejarle que la enseñara en vez de al contrario. De tratarse de otra persona, le habría resultado irritante. Sin embargo, tratándose de Taylor, le parecía gracioso.

Abrió la puerta de su cuarto rápidamente.

–Que sueñes con los angelitos, Taylor. Hasta mañana.

***

A la mañana siguiente, Taylor bostezó mientras terminaba de llenar el lavavajillas y lo encendía. Había pasado la mayor parte de la noche viendo páginas web para informarse sobre la modalidad de póquer *Texas hold´em*. Al menos, esa era la explicación que le dio a Lane cuando este le preguntó por qué se la veía tan adormilada. Se negaba a admitir que, después del beso de la noche anterior, le había resultado imposible dormir.

Los dos besos que Lane le había dado la habían dejado hecha un trapo. Nunca un hombre la había hecho sentirse así.

Un cosquilleo le recorrió el cuerpo al cerrar los ojos y recordar la sensación de la boca de Lane en la suya. Lane no era agresivo sexualmente, al contrario que la mayoría de los hombres. Los labios de Lane se habían mostrado suaves, acariciándola casi con reverencia.

Taylor abrió los ojos y sacudió la cabeza. Tenía que dejar de pensar en Lane y en sus besos. Debía centrarse en aprender a jugar al póquer. Los labios de Lane podían ser lo más erótico que había sentido en su vida, pero él era su rival y estaba decidida a ganarle y recuperar la totalidad de Lucky Ace.

Trató de pensar en la información que había recogido toda la noche sobre un juego que parecía relativamente sencillo: en una primera fase, cada uno de los contrincantes recibía dos cartas boca abajo, las únicas cartas individuales, y había una ronda de apuestas; después, el repartidor sacaba el *flop*, tres cartas descubiertas simultáneamente, tras la cual había otra ronda de apuestas. En una segunda fase, llamada *turn*, se daba otra carta descubierta y se volvía a apostar; a esta carta se la denominaba cuarta calle. La tercera fase consistía en repartir una carta descubierta más, llamada *river*. Ya repartidas las cinco cartas descubiertas o cartas comunes, se volvía a apostar. Por último, se mostraban las cartas para dirimir al ganador entre los jugadores que todavía estaban en la mano.

Ahora, lo único que tenía que hacer era dejar que Lane le enseñara cuándo y cuánto apostar según las manos y a qué debía prestar atención para descubrir los tics del contrincante.

Tras otro bostezo, se sirvió una taza de café y se sentó a la mesa a esperar su primera lección de póquer. Lane había ido al establo para decirle a Judo, el encargado, que llamara al herrero para que fuera a cambiar las herraduras a unos caballos. Iba a volver enseguida y ella quería estar preparada.

Taylor se mordió el labio inferior. Lane sabía mucho más de cómo dirigir un rancho de lo que ella había pensado al principio. Había mencionado que sus hermanos tenían ranchos por esa zona y que él había pasado la última parte de la adolescencia en uno. ¿Significaba eso que antes de trasladarse a un rancho había vivido en una ciudad?

–¿En qué estás pensando que se te ve tan ensimismada? –le preguntó Lane acercándose a la mesa.

Perdida en sus pensamientos, Taylor no se había dado cuenta de que Lane había vuelto.

–Me has dicho que tú pasaste unos años en un rancho. ¿Era por aquí?

Lane sacudió la cabeza y se sentó a su lado.

–Estaba cerca de Dallas, a unos doce kilómetros de Mesquite.

–He ido allí a ver un rodeo –dijo ella, pensando en las veces que había hecho el trayecto de dos horas con su abuelo para asistir a fiestas y rodeos durante el verano.

Lane sonrió.

–Yo acostumbraba a participar en esos rodeos todos los fines de semana durante las vacaciones de verano.

–¿En serio? –cuánto más sabía de él, más le sorprendía. Jamás habría imaginado que hubiera participado en los rodeos.

Lane asintió, agarró la baraja que había encima de la mesa.

–Mis hermano de acogida, T. J. y yo, en equipo, competíamos en la modalidad de encabezamiento y escora, pero T. J. lo dejó para dedicarse a la monta de caballo bronco.

De repente, Taylor se dio cuenta del motivo por el que Lane había mencionado haber pasado los últimos años de adolescencia en un rancho: Lane había vivido en una familia de acogida.

–Y antes de que lo preguntes, sí, vivía en una familia de acogida –dijo Lane, como si le hubiera leído el pensamiento, mientras le quitaba el envoltorio de celofán a la baraja nueva–. Me enviaron al rancho Last Chance cuando tenía quince años, justo después de que mi madre muriera de cáncer de pecho.

–Lo siento, Lane. Es una edad muy difícil para perder a una madre. ¿Y tu padre? ¿No podías haberte ido a vivir con él?

–Murió un par de años antes que mi madre –respondió Lane con expresión tensa.

–¿No tenías tíos o abuelos con los que irte? –preguntó ella.

A pesar de que sus padres no habían sido ejemplares, Taylor no podía imaginar no tener a nadie en el mundo.

–No, todos mis abuelos estaban muertos. Mi padre tenía un hermano en el ejército, pero murió en Oriente Medio. Mi madre era hija única –Lane se encogió de hombros y comenzó a barajar las cartas–. Pero, al final, todo salió bien. Vivir en el rancho Last Chance me dio cinco hermanos y un padre del que sentirme orgulloso. Tuve mucha suerte.

–Y todavía mantienes relaciones estrechas con tu padre de acogida y tus hermanos, ¿no?

Lane negó con la cabeza.

–Hank Calvert murió hace ya unos cuantos años. Al igual que tu abuelo, tenía problemas de corazón y, en vez de tratarse, no fue al médico y murió.

Guardaron silencio unos momentos. Entonces, Taylor frunció el ceño.

–¿Cómo sabías que sentía curiosidad respecto a que hubieras vivido en una familia de acogida?

Lane le acarició el labio inferior con la yema de un dedo.

–¿Te acuerdas que anoche te dije que cuando dudas o tratas de decidir algo te muerdes el labio inferior?

–Mi tic –murmuró ella.

Lane asintió.

–Sabía que sentías curiosidad por mis hermanos, pero no te decidías a preguntar por ellos –Lane sonrió–. ¿Y tú? Ben me comentó que tenía familia en California, pero no dijo si tenías hermanos o no.

–No, no tengo. De pequeña me habría gustado tener un hermano o una hermana; pero según me iba haciendo mayor, empecé a pensar que quizá fuera mejor ser hija única. Mi infancia no se la deseo a nadie.

Lane dejó las cartas.

–¿Por qué? ¿Tus padres te maltrataban?

–No, no, nada de eso –Taylor bebió un sorbo de café. No le gustaba hablar de sus padres, pero le pareció que tenía que satisfacer la curiosidad de Lane como él había satisfecho la suya–. Mis padres jamás deberían haberse casado. No tenían nada en común, vivían cada uno por su cuenta y, cuando estaban juntos, lo único que hacían era discutir –Taylor suspiró–. Solo me sentía a gusto cuando venía aquí a pasar los veranos con mi abuelo.

–¿Nunca pensaron en divorciarse? –preguntó él en tono suave.

Ella asintió.

–Hablaban de ello constantemente, pero ninguno de los dos ha hecho nada al respecto.

Lane frunció el ceño.

–¿Crees que no lo han hecho por ti?

–No, es mucho más sencillo que eso –respondió Taylor–. En realidad, no creo que les importara en lo más mínimo si eso me iba a afectar o no.

–¿Cómo es posible? –preguntó Lane con el ceño fruncido.

–El problema para ellos siempre ha sido cómo evadir la ley –Taylor esbozó una sonrisa llena de escepticismo–. Según las leyes de California, tendrían que repartirse todo por igual, al cincuenta por ciento. Ninguno de los dos quiere que el otro se quede con nada. Ambos lo quieren todo.

–Pero los dos habrían querido quedarse contigo, ¿no? –comentó Lane.

–Quizá lo hubieran hablado de haber llegado a un acuerdo sobre el reparto del dinero y la propiedad –Taylor se levantó para volverse a servir más café para ambos; después, volvió a sentarse a la mesa–. La verdad es que no creo que yo les importara tanto como el dinero y la casa.

Lane le cubrió una mano con la suya.

–Estoy seguro de que les importabas más que ninguna otra cosa, Taylor. Apuesto a que te querían.

–Sí, los dos me querían mucho, eso no lo pongo en duda.

–¿Siguen juntos entonces? –preguntó Lane–. ¿Ahora que te has independizado y ya no vives con ellos?

–Sí –Taylor se encogió de hombros–. Supongo que es porque cada uno está esperando a que el otro se muera para heredarlo todo.

–Podría ser –admitió Lane–. Pero también podría ser que su relación sea así. Quizá, a pesar de las constantes discusiones, se quieran.

–Supongo que es una posibilidad –concedió Taylor.

Lane se fue al otro lado de la mesa y sonrió traviesamente.

–Bueno, empecemos ya con el póquer.

Capítulo Cinco

Dos horas después, Lane se recostó en el respaldo de la silla y sonrió a Taylor.

—No sé tú, pero a mí no me vendría mal un descanso. Hace muy buen día. ¿Te apetece salir a dar un paseo a caballo?

—Sí, buena idea —respondió ella sonriente—. No falta mucho para la hora de la comida. ¿Qué te parece si preparo unos bocadillos y nos los tomamos a la orilla del río?

—Mientras tú preparas los bocadillos, yo voy a ensillar a los caballos —dijo Lane poniéndose en pie—. ¿Montabas algún caballo en particular cuando venías a ver a tu abuelo?

Taylor asintió.

—La yegua de color, Isabela, es mía. El abuelo me la regaló cuando cumplí los dieciséis años —Taylor vaciló unos momentos—. ¿La monta alguien?

—Me parece que Judo mencionó que alguien la monta al menos una vez a la semana —dijo él, refiriéndose al encargado del rancho—. ¿Por qué?

—Los caballos, cuando pasa bastante tiempo sin que los monte nadie, se ponen de mal humor —contestó ella sonriendo—. Quería saber qué me esperaba.

Lane le devolvió la sonrisa, agarró el sombrero del gancho al lado de la puerta y se lo puso.

–No estás como para un rodeo ¿eh?

Ella se echó a reír y a Lane le subió un intenso calor por el cuerpo.

–Hace años ya que no monto y, después del paseo, me va a doler todo. Preferiría no romperme también algún hueso que otro.

–En la nevera debe haber alguna bolsa de hielo. Las alforjas están en la despensa –comentó él agarrando el pomo de la puerta–. Cuando estés lista, llama al establo, yo vendré con los caballos a la casa.

–¿Para qué vas a venir? –preguntó ella al tiempo que abría el frigorífico.

–Las alforjas pesan bastante, no quiero que las cargues tú.

Lane salió rápidamente al porche para evitar tomarla en sus brazos y besarla hasta que ambos se quedaran sin respiración.

Lanzó una maldición mientras cruzaba la explanada para ir al establo. Todo el tiempo que la había estado enseñando a jugar no había podido dejar de pensar en lo mucho que quería hacerle el amor.

–Hola, jefe –le dijo Roy Lee cuando entró en el establo–. Judo me ha pedido que le diga que ha llamado al herrero y que ha dicho que vendrá mañana a poner las herraduras nuevas.

Lane asintió mientras se acercaba al empleado.

–Gracias por avisarme. ¿Dónde está Judo?

Roy Lee se quitó el sombrero para secarse el sudor de la frente.

—Se ha ido con Cletus a ver cómo están los pastos de la parte norte.

—¿Qué le has hecho a Judo? ¿Por qué está enfadado contigo? —preguntó Lane mirando la carretilla y la horqueta de Roy Lee.

—Nada. Me he ofrecido voluntario para limpiar los pesebres.

—¿Por qué? —Lane frunció el ceño. El trabajo que un vaquero despreciaba más era limpiar los establos.

—Alguien tenía que hacerlo —Roy Lee se encogió de hombros—. Además, Cletus se estaba quejando de que llevaba tres días seguidos limpiando los pesebres.

Lane tenía una ligera idea de por qué Roy Lee se estaba mostrando tan comprensivo, y no tenía nada que ver con ser justo con su compañero.

—Blue va a pasar un rato fuera, así que tendrás tiempo de sobra para dejar este limpio —dijo Lane mientras abría la portezuela y sacaba al caballo.

—¿Va a ir a cabalgar? —preguntó Roy Lee con excesiva curiosidad.

—Sí, volveremos a primeras horas de la tarde —respondió Lane asintiendo.

—En ese caso, yo me quedaré por aquí —dijo Roy Lee—, por si la señorita Scott necesitara algo.

El empleado confirmó así sus sospechas. Roy Lee quería estar cerca de la casa por si se le presentaba ocasión de hablar con Taylor.

–No será necesario –dijo Lane al tiempo que ataba a Blue a un poste.

Estaba acercándose al pesebre de la yegua Isabela cuando Roy Lee insistió:

–No me importa, jefe –Roy Lee lanzó una carcajada–. Ya sabe cómo son las mujeres, siempre cambiando cosas. Igual la señorita Scott decide cambiar de sitio los muebles o cualquier otra cosa.

–Hoy no –dijo Lane sacando a la yegua del pesebre–. La señorita Scott viene conmigo.

La expresión animada de Roy Lee se disipó.

–Bueno, en ese caso será mejor que vuelva al trabajo.

A Lane casi le dio pena. Estaba claro que a Roy Lee le gustaba Taylor. El joven vaquero no era el único que no podía apartar los ojos de Taylor.

Lane ensilló los caballos y los sacó del establo. De repente, una idea le hizo aminorar la marcha. Su situación respecto a Taylor no era muy diferente a la de los padres de ella en su egoísta negativa a compartir lo que tenían. ¿No era eso lo que Taylor y él estaban haciendo respecto al rancho? Ninguno de los dos quería dar su brazo a torcer, ninguno de los dos quería vender su parte al otro ni irse a vivir a otra parte.

Abandonó la idea inmediatamente. Taylor y él no estaban unidos por lazos matrimoniales ni por ataduras de ninguna clase, lo único que les ataba era la propiedad. Ambos tenían motivos para aferrarse a ella, y esos motivos no se basaban en un deseo egoísta de quererlo todo para uno mismo.

Cuando Lane llegó a la casa, decidió no pensar más en eso. Necesitaba un descanso y estaba decidido a relajarse y a disfrutar ese día sin pensar en cuál de los dos acabaría controlando el rancho.

Cuando ató los caballos a uno de los postes del porche, subió los escalones y entró en la casa.

–¿Estás lista?

No la vio, pero la oyó acercándose por el pasillo.

–Sí, me parece muy bien –dijo ella al teléfono entrando a la cocina. Al verle, pronunció sin emitir sonido–: Es uno de tus hermanos.

Inmediatamente, Lane negó con la cabeza. Por nada del mundo quería hablar en ese momento con uno de sus hermanos, seguro de que le iba a machacar respecto a vivir con esa pelirroja en la casa.

–Está bien, se lo diré –dijo Taylor antes de colgar.

Sonriendo, dejó el inalámbrico en el cargador y le informó:

–Era tu hermano Sam. Ha dicho que te diga que este domingo no, al otro, se celebra una comida en honor del recién nacido en casa de Ryder y Summer.

–Muy bien –Lane sonrió–. Iremos juntos si te parece, convencido de que su hermano Sam la había invitado también.

–No lo sé –respondió ella con vacilación–. Sam me ha invitado, pero no sé si debo. Al fin y al cabo, no me conocen de nada.

Lane sacudió la cabeza.

–No digas tonterías, les encantará que vayas –Lane se acercó a ella y, sin pensar, la abrazó–. Ya verás como lo pasas bien; además, mis tres cuñadas te van a gustar.

Contuvo un gruñido al verla morderse el labio inferior antes de asentir.

–Bueno, lo pensaré.

Lane dio un paso atrás, lo mejor era irse lo antes posible a dar un paseo a caballo.

–¿Estás ya lista?

–Sí –respondió Taylor sonriéndole de una manera que hizo que le hirviera la sangre.

Lane agarró las alforjas y ambos salieron de la casa por la cocina. Se quedó sin respiración al verla poner un pie en el estribo y alzarse para montar la yegua. Ver las delgadas piernas de Taylor a ambos lados del animal le hizo preguntarse qué se sentiría con esas piernas rodeándole el cuerpo mientras él la penetraba.

Se maldijo a sí mismo, ató las alforjas a la silla y montó su caballo. Tuvo que cambiar de postura inmediatamente para no eyacular.

¿Qué veía en Taylor que no veía en ninguna otra mujer? ¿Por qué le resultaba más atractiva que nadie? ¿Y por qué no podía contenerse?

Como psicólogo, poseía las herramientas necesarias para combatir lo que sospechaba era una adicción. Pero como hombre delante de una mujer atractiva, sus conocimientos de psicología no le servían de nada.

–Me noto mucho la falta de práctica –comentó Taylor cuando desmontaron al lado del río. Le dolían los muslos y la espalda, pero montar la yegua otra vez había sido un placer a pesar de todo–. Menos mal que se mueve con mucha suavidad.

–De lo contrario, tendrías que sentarte encima de una almohada durante unos cuantos días, ¿no? –comentó Lane.

Riendo, Taylor esperó a que él desatara las alforjas.

–Esta noche voy a necesitar un baño bien caliente.

–Un poco de linimento tampoco te vendría mal –dijo Lane cargando con las alforjas hasta una zona plana a la sombra de un árbol.

Taylor sacó una manta de las alforjas y la tendió en la hierba.

–No sabía de qué te gustan los bocadillos, así que los he preparado de dos clases diferentes.

–En realidad, me gusta casi todo –respondió Lane sonriendo–. Además, todo lo que has cocinado hasta ahora estaba exquisito.

El halago de Lane le agradó enormemente.

–Me alegro de que hayas superado tu reticencia a mi comida.

–Sí, ya sé que te debo una disculpa –Lane sonrió maliciosamente antes de arrodillarse a su lado para sacar la comida–. Pero me dejaste muy claro que, de una forma u otra, me querías lejos del rancho. Así que es comprensible que temiera que hubieras puesto veneno en mi comida.

–Supongo que yo también te debo una disculpa por la forma como me comporté –admitió Taylor–. Estaba cansada y enfadada, creo que me excedí un poco.

–Mucho, cielo –le corrigió Lane quitándole el envoltorio a un bocadillo de jamón y queso.

–Te acusé de engañar a mi abuelo, lo sé –no estaba orgullosa de ello, pero su genio se había impuesto–. Siento haber cuestionado tu integridad, Lane. Sigo sin comprender que mi abuelo se jugara el rancho a una partida de póquer. Para mí, no tiene sentido.

Lane dejó el bocadillo y la rodeó con los brazos.

–No te obsesiones con eso, Taylor. Acéptalo y cálmate, aunque sé que lo has pasado muy mal durante las últimas semanas. Has perdido a Ben, has descubierto que él había perdido la mitad de la propiedad que tú esperabas heredar, y has tenido que traer las cenizas de tu abuelo aquí, tal y como él quería, y esparcirlas en el río –Lane le acarició la espalda–. Debes estar agotada emocionalmente.

Si Lane no se hubiera mostrado tan comprensivo, quizá habría logrado contener las lágrimas. Por primera vez desde la muerte de su abuelo, se echó a llorar desconsoladamente.

No le gustaba llorar y, hasta el momento, había logrado evitarlo. Pero ahora no parecía capaz de parar mientras Lane la abrazaba contra su pecho.

Cuando, por fin, logró recuperarse, Lane le secó las mejillas con una servilleta.

Avergonzada de haber dado rienda suelta a sus emociones, bajó la mirada.

–No sabes cuánto lo siento. No era mi intención montar un espectáculo.

Lane le puso un dedo en la barbilla y la obligó a alzar el rostro.

–No te arrepientas nunca de llorar por la pérdida de una persona querida, Taylor. El llanto forma parte del proceso de recuperación. ¿Ha sido esta la primera vez que lloras desde la muerte de Ben?

Taylor asintió.

–No me gusta sentirme débil.

–Llorar la muerte de tu abuelo no es ser débil, Taylor –dijo él con ternura en la voz–. Es una muestra del cariño que le tenías. Y jamás te disculpes por querer mucho a alguien.

La comprensión y ternura de Lane le produjeron una sensación de calidez en el cuerpo que no había sentido nunca. Sin pensar en las consecuencias, Taylor le besó.

A Lane no le molestó que ella hubiera tomado la iniciativa. Aunque, al abrazarla con más fuerza, tomó el control y comenzó a darle pequeños mordiscos que la dejaron encantada y frustrada a la vez. Quería que la penetrara con la lengua, que la besara de la forma como lo había hecho en las dos ocasiones anteriores.

Notando lo que ella quería, le separó los labios. Cuando sus lenguas entraron en contacto, le dio la impresión de que el corazón se le paraba.

Mientras le acariciaba la boca suavemente,

Lane le deslizó una mano por debajo de la camiseta. La sensación de esas callosas manos en la piel le causó oleadas de deseo que se agolparon en el centro de su feminidad. El deseo se intensificó cuando Lane le cubrió un seno con la mano y, con el pulgar, comenzó a acariciarle el pezón. Lo que sentía era tan fuerte que casi se asustó.

—Tranquila, cielo —dijo Lane notando el pánico de ella. Entonces, apartó la mano y le bajó la camiseta—. No va a pasar nada que no quieras que pase.

Eso era lo que la preocupaba, quería que pasara algo. Pero, al mismo tiempo, lo temía.

—Creo que mejor… lo dejamos —dijo ella, aunque no con convicción—. Somos rivales.

—Sí, puede que no sea buena idea —concedió Lane en un tono tan falto de entusiasmo como el de ella. Entonces, esbozó una de sus sensuales sonrisas—. Pero un poco de amistosa rivalidad no va a hacer daño a nadie.

—Tus besos son demasiado sensuales para que ser amistosos —tan pronto como esas palabras escaparon de sus labios, se arrepintió de haberlas pronunciado. No había tenido intención de hacerle saber cómo le afectaba que la besara.

—¿Qué te parece si nos dejamos de tonterías y somos honestos el uno con el otro? —preguntó Lane, sorprendiéndola—. Nos gustamos, pero preferiríamos que no fuera así. Sin embargo, no somos capaces de controlar nuestra mutua atracción.

Taylor se lo quedó mirando, no podía negar lo que Lane había dicho. Tampoco tenía sentido mentir, cuando ambos sabían lo que pasaba entre ellos.

–¿Es tu opinión profesional? –preguntó ella al tiempo que sacaba las bebidas.

–Es solo una observación.

Comieron los bocadillos en silencio. Al acabar, la curiosidad pudo con ella.

–Bueno, ¿qué solución propones tú? –lo mejor habría sido cambiar de tema e ignorar el comentario de Lane.

–Lo he estado pensando y he llegado a la conclusión de que tenemos dos opciones –dijo él clavándole los ojos–: podemos seguir como estamos, aunque cada vez más frustrados; o podemos ver qué es lo que hay entre los dos y a ver adónde nos lleva –la sonrisa de Lane la dejó sin respiración–. Yo me inclino por la segunda opción.

–Debes haberte vuelto loco –dijo ella riendo.

–Piénsalo bien, Taylor –Lane recogió los envoltorios y los guardó en las alforjas–. Hacer como que no pasa nada no nos ha servido hasta el momento.

–¿Acaso propones que deberíamos empezar a salir juntos? –preguntó ella.

Lane se la quedó mirando unos segundos.

–¿Te interesa algo más? –preguntó él por fin.

–¡No! Lo que quiero decir es que no quiero una relación seria con nadie.

–Yo tampoco –Lane arqueó las cejas–. Tengo mis motivos, pero… ¿quieres decirme cuáles son los tuyos?

–Ya te he hablado de la relación turbulenta de mis padres, ¿no? Es obvio que eso me ha afectado –declaró Taylor–. Si así son las relaciones de pareja, prefiero estar sola. Y ahora te toca a ti. ¿Por qué eres reacio a las relaciones de pareja?

Lane guardó silencio mientras terminaban de recoger y metían las cosas en las alforjas.

–Jugar al póquer significa asumir riesgos y aceptar que unas veces se pierde y otras se gana. Perder no me preocupa, he ganado dinero y lo he invertido bien, así que tengo libertad para hacer lo que quiera y cuando quiera. Pero la mayoría de las mujeres quieren estabilidad, no un hombre que se dedica al juego por el simple hecho de que le divierte –Lane se levantó de la manta y ayudó a Taylor a ponerse en pie–. Todavía no he conocido a una mujer que me haga considerar la posibilidad de dejar el juego.

–¿Siempre te ha gustado jugar? –preguntó ella mientras doblaba la manta.

Lane sacudió la cabeza.

–Soy licenciado en psicología y tengo intención de trabajar como psicólogo. Pero mientras estudiaba en la universidad me acostumbré a jugar con mis compañeros –Lane sonrió–. Como solía ganar, supuse que se me daba bien. Un día, mi compañero de habitación en el colegio mayor me sugirió que me apuntara a un campeonato de póquer en Shreveport. Lo hice y… aquí estoy.

Después de que Lane atara las alforjas a la silla de montar, Taylor se subió a su yegua y pensó en lo que Lane le había dicho. ¿Por qué le había desilusionado que Lane dijera que no había conocido a ninguna mujer que le hiciera renunciar a ser jugador?

–¿Y tú, qué quieres hacer? –le preguntó Lane mientras se alejaban del río cabalgando–. ¿Quieres que dejemos las cosas como están? –Lane sonrió–. Ya sabes cuál es mi postura. Me gustaría saber qué piensas tú.

–Tengo que pensármelo. Ya hablaremos de ello cuando lo tenga más claro –respondió Taylor evasivamente.

Nunca había tomado decisiones precipitadas y no iba a empezar ahora.

Capítulo Seis

Taylor recorrió el pasillo a toda prisa para ir a abrir la puerta. Esperaba que fuera el camión de la mudanza con sus cosas desde California.

Su sonrisa se desvaneció al ver a Roy Lee en el porche.

–Buenos días, señorita Scott –dijo él sonriente–. Venía de la tienda de piensos y se me ha ocurrido pasarme por su casa por si necesita que la ayude en algo hoy.

–No, gracias, Roy Lee –respondió ella, preguntándose por qué Roy Lee no estaba realizando el trabajo que el encargado, sin duda, le había asignado.

–Está bien –contestó Roy Lee desilusionado. Y se quedó donde estaba, mirándola fijamente, como si esperara a que ella le invitara a entrar.

–¿Algo más, Roy Lee?

–No. Solo decirle que, si me necesita, no tiene más que decírmelo.

Roy Lee continuó mirándola sin moverse del sitio. Por fin, añadió:

–Bueno, ya sabe, no tiene más que llamar al establo si necesita algo de mí.

–Gracias de nuevo –dijo Taylor.

Cuando el empleado se alejó, Taylor cerró la puerta y un escalofrío le recorrió el cuerpo. Impulsivamente, echó el cerrojo. No sabía por qué, pero no se fiaba de ese hombre.

–¿Quién era? –preguntó Lane, que en ese momento salía del despacho.

–Roy Lee. Quería saber si necesitaba ayuda con algo.

Lane se acercó a ella y le rodeó la cintura con los brazos.

–Sabes qué le pasa, ¿no?

Taylor negó con la cabeza e intentó ignorar el calor que le corrió por todo el cuerpo.

–Roy Lee se ha encaprichado de ti, creo que le gustas desde la adolescencia –añadió Lane sonriendo.

–Eso es ridículo –dijo Taylor–. Hacía años que no venía aquí y, además, jamás le he animado a… a nada.

–Eso da igual. Está dispuesto a hacer lo que sea con tal de que te fijes en él. Quiere demostrarte que sirve para muchas cosas y que le necesitas.

–Lo único que está consiguiendo es que me den escalofríos cada vez que le veo –Taylor se estremeció–. No sé por qué, pero me siento muy incómoda en su presencia.

Lane la abrazó con fuerza.

–No voy a ser yo quien te diga que no te fíes de tu instinto, Taylor. Pero Roy Lee no me ha dado motivos para que le despida.

–No he dicho que quiera que le despidas –Taylor apoyó la cabeza en el pecho de Lane–. Lo único que quiero es que no se acerque a la casa.

–No te preocupes, me encargaré de que no se acerque –Lane le dio un beso en la cabeza–. Y para más seguridad, le diré a Judd que le dé trabajos en otra parte del rancho.

Tranquilizada por las palabras de Lane, Taylor alzó el rostro para darle un beso en el mentón.

–Gracias.

–No, así no –dijo Lane sonriendo al tiempo que bajaba la cabeza–. Si vas a besarme, hazlo como es debido.

Al acercarle la boca a la suya, Taylor se sintió derretir. Había pensado mucho durante los dos últimos días sobre la sugerencia de Lane de reconocer y aceptar su mutua atracción, pero aún no sabía qué hacer al respecto. Ni Lane ni ella querían ataduras, pero las relaciones pasajeras no eran de su gusto.

Desgraciadamente, no parecía tener muchas opciones. Cada vez que Lane se le acercaba, se olvidaba de los motivos por los que no quería intimar con nadie. Lo único en lo que podía pensar era en lo que Lane la hacía sentir.

Cuando Lane le acarició los labios con la lengua instándola a abrirlos, dejó de intentar comprender por qué debía resistirse a él y se perdió en las sensaciones que la invadieron. El pulso se le aceleró y sintió un hormigueo en el bajo vientre al sentir la mano de Lane cubriéndole un pecho. Y cuando sintió el duro miembro contra su cuerpo, tuvo que agarrarse a Lane para no perder el equilibrio.

–¿Has tomado ya una decisión? –le preguntó Lane apartando la boca de la suya.

Taylor, mirándole, negó con la cabeza. Le encantaría olvidarse de los problemas y vivir el momento, pero eso iba contra su naturaleza.

–No quiero presionarte, Taylor. No te preocupes, no va a pasar nada que no quieras que pase. Pero no puedo negar que te deseo.

Mientras se miraban sin decir nada, sonó el teléfono.

–Voy al despacho a contestar la llamada –dijo Lane, y le dio un beso en la frente antes de marcharse.

De vuelta en la cocina, Taylor se mordió el labio inferior. No dudaba por un momento que, antes o después, no podrían soportar más la frustración sexual y acabarían rindiéndose a su atracción.

Taylor suspiró mientras sacaba un trozo de carne del frigorífico y la partía en trozos para preparar ternera *bourguignon*. Lo único que podía esperar era no permitir que los sentimientos la vencieran; de ser así, podría acabar con el corazón destrozado.

Después de otra de las deliciosas cenas de Taylor, Lane, sentado a la mesa, la observaba examinar las cinco cartas descubiertas y las dos ocultas que tenía en la mano. Por primera vez desde que había empezado a enseñarle a jugar, no estaba descubriendo su jugada con muecas o expresiones. No pudo evitar sentir admiración por ella. Taylor era una buena alumna y aprendía rápido. No dentro de mucho, se jugarían el rancho. ¿Por qué temía que llegara el momento? ¿No era eso lo que quería?

La idea de que Taylor se marchara de Lucky Ace y volviera a California no le seducía tanto como hacía una semana.

—Todas —dijo ella empujando las fichas que tenía.

Se lo estaba jugando todo a una baza, y lo más probable era que él la ganara con el *full* que tenía, cuando lo mejor que debía tener Taylor era color. Se le pasó por la cabeza retirarse y dejarla ganar, pero necesitaba aprender y tener en cuenta lo que podía tener su contrincante.

Lane apostó el mismo número de fichas.

—Bien, veo.

La vio respirar hondo antes de descubrir las dos cartas ocultas.

—Tengo color —declaró ella orgullosa.

—Una buena mano —comentó Lane sonriente sacudiendo la cabeza—. Desgraciadamente, no es suficiente —Lane descubrió sus dos cartas—. Yo tengo *full*.

—¡Maldita sea! —Taylor frunció el ceño—. Estaba convencida de que te ganaba.

Lane asintió.

—Tenías buena mano y bastantes posibilidades

de ganar, pero deberías haber tenido en cuenta que había dos *jaks* entre las cartas descubiertas, que yo podía tener otro y, con una pareja, me daba *full*.

—Justo lo que ha pasado —dijo ella con un suspiro.

—Eh, no te desanimes —Lane se levantó de la mesa, se acercó a ella, la hizo ponerse en pie y la abrazó—. De haber tenido lo que tú, yo también habría pensado la posibilidad de apostarlo todo.

Taylor ladeó la cabeza.

—Lo habrías considerado, pero no lo habrías hecho, ¿verdad?

—Depende —Lane le besó la punta de la nariz—. En un campeonato con jugadores profesionales hay más cartas en juego, y las posibilidades de que uno tenga *full* son mayores. Pero jugando solo dos, tú tenías más probabilidades de ganar con el color.

—¿Quieres decir que no he jugado muy mal?

Con el exquisito cuerpo de Taylor pegado al suyo, a Lane le resultaba difícil respirar, y mucho más difícil seguir jugando al póquer.

—No —logró contestar él.

—¿Cuándo crees que estaré lista para la partida por el rancho? —preguntó Taylor echando la cabeza hacia atrás para mirarle.

—Yo diría que dentro de una semana más o menos —respondió Lane evasivamente.

Tenía la sensación de que, ganara quien ganara, iba a parecerle que perdía. Pero no quería pensar en eso de momento. Con Taylor en sus brazos, tenía otras cosas en la cabeza.

–¿Qué te parece si descansamos un rato y nos vamos al porche a ver la puesta de sol?

–Buena idea –respondió ella con una sonrisa deslumbrante.

Diez minutos después, sentados en el columpio, mientras veían el sol ocultarse en el horizonte, Lane tenía abrazada a Taylor. En silencio, no pudo evitar preguntarse cómo le parecía tan maravilloso algo tan sencillo como ver el ocaso con ella.

–¿Puedo preguntarte una cosa, Lane?

–Sí, claro –Lane volvió la cabeza, la miró y sonrió–. ¿Qué es lo que quieres saber?

–¿Por qué te pusiste a estudiar psicología, cuando ya te dedicabas a jugar al póquer profesionalmente?

Lane se la quedó mirando sin responder inmediatamente. Taylor le había hablado abiertamente de los problemas con sus padres, a pesar de que no debía haberle resultado fácil. Suponía que era justo decirle por qué había estudiado psicología.

–Me gustaría poder decir que lo hice por nobles motivos, porque quería ayudar a la gente. Pero no fue por eso –Lane sacudió la cabeza–. Lo hice por motivos puramente egoístas. Necesitaba respuestas a unos interrogantes.

–¿Qué interrogantes?

Lane no pensaba mucho en su padre natural. Después de irse a vivir al rancho Last Chance, Hank Calvert se había convertido en un padre para él, mucho más que su padre verdadero. Ken Donaldson había estado demasiado ocupado con su trabajo en el mundo de las altas finanzas como para ser un buen marido o un buen padre.

—Te comenté que mi padre murió un par de años antes que mi madre, lo que no te dije es que se suicidó.

—Oh, Lane, no tenía ni idea —Taylor le abrazó—. Debió ser horrible tanto para ti como para tu madre.

Lane se tragó la rabia que sentía cuando pensaba en la muerte de su padre.

—Decidí estudiar psicología porque quería comprender lo que mi padre debía estar pensando cuando se suicidó y por qué causó semejante dolor a su familia.

Taylor le cubrió una mano con la suya.

—¿Y encontraste la respuesta?

—No —Lane se encogió de hombros.

—¿Dejó alguna carta, alguna explicación de por qué la muerte le parecía la única salida? —preguntó ella.

Lane apretó la mandíbula mientras asentía.

—Mi padre se quitó la vida porque era un egoísta y un cobarde —incapaz de permanecer sentado, Lane se puso en pie y agarró con fuerza la barandilla del porche—. Cuando volví a casa del colegio, encontré una nota junto al cuerpo de mi padre, que colgaba de una de las vigas del techo del garaje.

—¡Dios mío, Lane! Debió ser horrible.

—Es algo que no olvidaré en la vida —admitió él antes de respirar hondo—. En la nota decía que le iban a llevar a juicio por delitos financieros y que no podía soportar que su reputación se viniera abajo ni enfrentarse a la ruina –Lane lanzó un suspiro–. Solo pensaba en sí mismo, ni mi madre ni yo le importábamos nada. Tampoco se paró a pensar en el dolor que su suicidio iba a causarnos a mi madre y a mí.

–No sabes cuánto lo siento, Lane –Taylor le puso una mano en la espalda–. Y siento mucho haber sacado el tema.

Lane se volvió y la abrazó como si su vida dependiera de ello.

–No te preocupes, no podías saberlo –Lane cerró los ojos como si así quisiera borrar los malos recuerdos–. Eso pasó hace más de veinte años, y no suelo pensar en ello. En lo que a mí respecta, el pasado es eso, pasado.

Le enterneció que Taylor se pusiera de puntillas para besarle. Fue un beso breve, consolador, pero le despertó un desesperado deseo.

Lane la estrechó con fuerza, con creciente excitación. Conocía a Taylor desde hacía muy poco, pero sentía que ella podía convertirse en su asidero, en la persona que le daría fuerza y le ayudaría a echar raíces.

En otro momento, la idea le habría espantado, pero lo único que quería en esos momentos era olvidar los horrores del pasado y perderse en los brazos de ella.

Al ponerle la mano en el pecho, el suave gemido de Taylor le hizo endurecer hasta casi dejarle mareado. Nunca había estado tan excitado como lo estaba ahora, y sabía que iba a volverse loco si no hacían pronto el amor.

Dejando de besarla, respiró hondo.

—Creo que… voy a ir… a dar un paseo —consiguió decir Lane.

—¿Por qué?

A Taylor le brillaban los ojos de deseo, la pasión le enrojecía las mejillas. Nada le produciría más placer que ver la expresión de ella al penetrarla.

—Te deseo, Taylor —dijo Lane con voz ronca—. Si no me marcho ahora mismo, no voy a poder contenerme.

—Yo también te deseo —respondió ella en un susurro—. Sé que puede ser una locura, pero te deseo.

Cuando Lane la estrechó contra sí, Taylor decidió no pensar en las consecuencias de hacer el amor con Lane. Él la deseaba y, en ese momento, ella le necesitaba con desesperación.

—¿Estás segura, Taylor? —Lane la besó en la garganta—. No quiero que te sientas presionada. Prefiero irme a correr un rato y luego darme una ducha de agua fría antes de hacer que te arrepientas de hacer el amor conmigo.

—Solo me arrepentiría de no hacerlo —confesó ella honestamente.

Taylor le vio cerrar los ojos y respirar hondo antes de tomarle la mano y llevarla a la casa. Subieron las escaleras en silencio. No le sorprendió que

Lane se detuviera delante de la puerta de su cuarto y se echara a un lado para dejarla pasar, los hombres no se sentían cómodos rodeados de encaje y volantes, por lo que había oído decir a sus amigas cuando hablaban de sus relaciones.

Al mirar a su alrededor, comprobó que aquel era el dormitorio de un vaquero de pies a cabeza. Lane había pintado las paredes en un verde salvia que iba muy bien con las cortinas y artesanía de los indios de Norteamérica.

Por fin, fijó los ojos en la cama doble rústica. El color rojizo del cedro contrastaba con el satén negro de las fundas de las almohadas y la colcha.

En ese momento, Lane, a sus espaldas, le rodeó la cintura con los brazos y Taylor se recostó en él.

–Si decides no seguir, no te preocupes –dijo Lane, acariciándole la nuca con el rostro–. Si no te apetece, no haremos nada.

Taylor se dio la vuelta en el círculo de los brazos de Lane.

–No es que no me apetezca, es que no estoy tomando anticonceptivos.

–No te preocupes, cielo, yo me encargaré de todo –Lane le besó la mejilla.

–Y otra cosa…

–¿Qué? –preguntó él algo distraído mientras se agachaba para quitarse las botas y a ella las zapatillas de deporte.

–Yo no… he hecho esto nunca.

Lane se quedó muy quieto durante unos momentos; después, se incorporó.

—Eres virgen —dijo Lane.

—Sí —respondió ella incómoda.

—Tienes veintiocho años —dijo Lane con un cierto tono de incredulidad.

—Sí. Y tú treinta y cuatro —Taylor frunció el ceño—. ¿Y qué?

—Nada. Solo que pensaba que no era la primera vez que conocías a un hombre con el que querías estar —Lane le acarició la mejilla.

—No he dicho que nunca antes me haya apetecido —admitió Taylor—. Lo que pasa es que nunca un hombre me había parecido… adecuado.

—¿Y yo sí te lo parezco? —preguntó él con voz ronca.

Taylor asintió. No podía explicarlo, pero hacer el amor con Lane le parecía algo natural.

—Cielo, si te quito la virginidad no la recuperarás —le advirtió él mirándola fijamente a los ojos.

—Lo sé —la expresión de los oscuros ojos de Lane y lo íntimo de su voz le dificultaron la respiración.

Le vio cerrar los párpados momentáneamente antes de respirar hondo. Cuando volvió a abrir los ojos, los clavó en los suyos.

—Debería mandarte a tu habitación ahora mismo.

—Pero no vas a hacerlo, ¿verdad? —preguntó ella con el corazón acelerado.

Lane negó con la cabeza.

—Debería hacerlo, pero te deseo demasiado como para comportarme como un caballero

–Lane bajó la cabeza y la besó con una ternura que la hizo llorar–. ¿En serio quieres hacer el amor, Taylor? Si no quieres, dilo, por favor.

Taylor alzó los brazos para deshacerse la cola de caballo y soltarse el pelo.

–Hay muchas cosas de las que no estoy segura, pero en lo que se refiere a hacer el amor contigo no tengo ninguna duda.

Taylor comenzó a subirse la camiseta, pero él, sonriendo, le agarró las manos.

–Déjalo, de aquí en adelante me encargo yo de esto.

En general, era una mujer independiente y le gustaba tomar la iniciativa. Pero quizá por la situación o por el hombre con el que estaba, dejarse llevar por Lane le pareció lo más natural del mundo.

–Si algo te molesta o no te gusta, quiero que me lo digas –dijo Lane mientras le quitaba la camiseta.

En vez de desabrocharle el sujetador, como había supuesto que haría, Lane se despojó de la camisa. La piel se le erizó al ver los pectorales y los bien delineados músculos del vientre de Lane. Ese hombre tenía un cuerpo maravilloso.

Incapaz de contenerse, le acarició la piel.

–No vas al gimnasio, ¿verdad?

Lane sacudió la cabeza.

–El ejercicio que hago es aquí en el rancho o barajando las cartas –contestó Lane riendo.

Observando con fascinación la parte superior del cuerpo de él, tardó varios segundos en darse cuenta de que Lane le había quitado el sujetador.

–Eres preciosa, Taylor.

Lane le cubrió los pechos con las manos y ella cerró los ojos sintiendo un inmenso placer.

–Lo que estás haciendo es… increíble –dijo ella casi sin respiración.

–Lo mejor está por venir, cielo –susurró él al tiempo que bajaba la cabeza para chuparle un pezón.

Mientras Lane le lamía un pezón y le pellizcaba suavemente el otro con una mano, un insoportable deseo pareció consumirla.

Con miedo a que se le doblaran las rodillas, le puso las manos en el pecho.

–¿Te encuentras bien? –preguntó él al tiempo que se disponía a desabrocharle el pantalón vaquero.

–Sí, creo que sí –respondió Taylor, dudando de si volvería a respirar con normalidad.

Lane le bajó la cremallera de los pantalones sonriendo de una manera que la hizo sentirse la mujer más preciada del mundo.

–Dime qué es lo que sientes.

–Calor y… nerviosismo. Y me tiemblan las piernas.

En vez de bajarle los pantalones y las bragas, Lane se desabrochó el cinturón, se quitó los pantalones y también los calzoncillos. Ella se dio cuenta de que se había desnudado primero para tranquilizarla, y agradeció la suma consideración de él.

Al contemplar el magnífico cuerpo de Lane, temió que el corazón dejara de latirle.

Lane la abrazó y la besó con ternura.

–Vamos a encontrarnos bien el uno con el otro. Ya lo verás, cielo.

Lane comenzó a acariciarle el costado y le deslizó las manos por debajo de los pantalones y de las bragas. Después, con gran delicadeza, la despojó de esas prendas y dio un paso atrás para acariciarla con la mirada.

–Eres… perfecta –dijo Lane antes de volver a abrazarla.

La sensación de estar juntos desnudos, la excitación de piel contra piel, hizo que se sintiera más viva que nunca. Sobrecogida por la intensidad del intenso deseo que le corría por las venas, le rodeó la cintura con los brazos, aferrándose a Lane.

–Vamos a tumbarnos –le besó la garganta– y vamos a ir despacio –dijo Lante tumbándose a su lado antes de darle un beso–. Voy a intentar ser lo más dulce posible, cielo. De todos modos, me temo que esta noche no va a ser tan agradable para ti como las siguientes veces que hagamos el amor.

–Lo sé, es inevitable –contestó ella–. Pero también sé que vas a tratar de hacerme el menor daño posible.

–No te haces idea de lo mucho que te agradezco la confianza que tienes en mí –al pronunciar esas palabras, los ojos se le oscurecieron.

Lane bajó la cabeza y fue besándola desde la garganta a los pechos. Taylor dejó de pensar, solo podía sentir.

Mientras Lane le lamía y le mordisqueaba del estómago al ombligo, un deseo casi insoportable se apoderó de ella, un deseo que sabía que solo Lane podía satisfacer. Y cuando él le acarició el sexo, un insoportable ardor la consumió.

–Lane, por… por… favor…

–¿Te gusta, Taylor?

–Sí… me estás… volviendo loca –jadeó ella.

–¿Quieres que pare? –preguntó Lane, aunque continuó acariciándola.

–No. Necesito…

Se interrumpió cuando oleadas de placer le recorrieron el cuerpo. Gimiendo, se frotó contra él mientras una deliciosa sensación se extendía por todo su ser. Entonces, poco a poco, la tensión fue cediendo y pudo volver a la realidad.

–Ha sido… increíble –dijo Taylor recuperando la respiración.

–Quería hacerte sentir un poco de placer esta primera vez –dijo él sonriendo–. Esto ha sido solo el aperitivo de lo que voy a hacerte sentir cuando hagamos el amor como es debido.

Una intensa emoción la embargó. Lane era el hombre más generoso del mundo y no comprendía cómo no se había dado cuenta antes.

Taylor le puso las manos en las mejillas y le besó.

–Gracias, Lane.

Le sintió palpitar entre sus muslos y supo que él también necesitaba satisfacer la pasión.

–Ahora voy a hacerte el amor –dijo Lane al tiempo que sacaba el pequeño envoltorio de debajo de la almohada.

Rápidamente, Lane sacó el condón, se lo puso y le hizo abrir las piernas.

–Te prometo que iré todo lo despacio que pueda.

–Lo sé –Taylor cerró los ojos y se preparó para lo desconocido.

–Abre los ojos, Taylor –dijo Lane mientras se colocaba para penetrarla.

Taylor obedeció y se estremeció de placer al ver la expresión de Lane.

Lane comenzó a introducirse sosteniéndole la mirada. Cuando rozó el himen, ella apenas lo notó. Solo sintió un pequeño dolor cuando Lane se adentró completamente al tiempo que la abrazaba.

–¿Estás bien? –le preguntó Lane besándola.

Taylor asintió y, debido a la intimidad que compartían, su deseo se vio renovado.

–Me gustaría ir más despacio –dijo Lane con voz ahogada–, pero te deseo desde la primera vez que te vi, cielo.

–Yo a ti también –admitió Taylor.

–Intentaré ir con cuidado –y Lane comenzó a moverse dentro de ella.

Taylor respondió al instante, acercándose rápido a la cima de la satisfacción sexual. Pero esta vez fue diferente, porque Lane y ella estaban unidos. Se aferró a Lane y, de nuevo, alcanzó el clímax.

Pocos segundos después, notó que Lane, muy tenso, pronunciaba su nombre y supo que él también había tenido un orgasmo.

Cuando Lane se derrumbó encima de ella, Taylor le abrazó. Nunca había conocido a nadie tan generoso y paciente como Lane, que había hecho todo lo posible por hacerle placentera la primera vez.

–¿Te encuentras bien? –le preguntó Lane levantando la cabeza–. He intentado no...

–Sí, estoy bien –le interrumpió Taylor–. Ha sido maravilloso. Tú eres maravilloso.

–Gracias –respondió Lane abrazándola.

–¿Por qué?

–Por confiar en mí y por dejar que haya sido yo el primer hombre que hace el amor contigo –contestó Lane con sinceridad.

Apoyada en un hombro de Lane, le besó la mandíbula.

–Me alegro de haber esperado –le confesó ella.

¿Por qué se había entregado a Lane?

En el fondo, sabía por qué había perdido la virginidad con Lane y resistido durante años la tentación. Hacer el amor con él le había parecido algo de lo más natural. Pero no quería pensar en lo que eso significaba, no estaba preparada para ello.

Sin embargo, mientras se quedaba dormida, reconoció que empezaba a enamorarse de Lane irremediablemente.

Capítulo Siete

A la mañana siguiente, cuando Lane bajó a desayunar, le rodeó la cintura a Taylor con los brazos sin vacilar y la besó en el cuello.

–¿Cómo te encuentras? –le preguntó, encantado con tenerla tan cerca de sí.

Taylor dejó el cuenco que tenía en las manos y le sonrió.

–Maravillosamente –se puso de puntillas para darle un beso–. Pero me temo que vas a tener que esperar un poco para desayunar. Una persona me ha tenido despierta hasta muy entrada la noche y me he levantado demasiado tarde.

–Yo he dormido muy bien –admitió él. Después de hacer el amor, había sido la primera noche que había dormido de un tirón en dos semanas–. Es más, he dormido tan bien que creo que esta noche deberíamos hacer lo mismo.

–¿Siempre es tan fantástico hacer el amor? –preguntó Taylor abrazándole con fuerza.

Lane se excitó al instante y tuvo que tomarse unos segundos para poder responder. ¿Cómo explicarle a Taylor que él mismo no había sentido nunca algo tan excitante ni tan íntimo como lo que habían compartido la noche anterior? ¿Cómo decirle que tenía el presentimiento de que con ninguna otra mujer podría ocurrirle lo mismo? Pero tampoco quería pensar en ello.

—Va a ser mejor, cielo –respondió él.

Los ojos de Taylor se agrandaron.

—¿En serio?

Antes de que Lane pudiera contestar, sonó el teléfono.

—A estas horas debe de ser uno de mis hermanos –Lane besó a Taylor en la punta de la nariz–. Voy al despacho a responder la llamada.

Mientras se dirigía al despacho, Lane llegó a la conclusión de que agradecía la interrupción. Necesitaba tiempo para pensar en lo que sentía por Taylor.

—Hola, T. J. –dijo Lane animado tras ver en el teléfono que era el número de su hermano.

—¿Qué tal? Pareces de muy buen humor ¿Es porque ya has llegado a un acuerdo con tu nueva socia? –preguntó T. J. medio riendo.

—No del todo. Vamos a jugarnos al póquer el control de la propiedad dentro de una semana más o menos.

—Supongo que es eso lo que te tiene tan contento… –T. J. se interrumpió y Lane se dio cuenta de que su hermano había adivinado la razón de su buen humor aquella mañana–. Estás jugando con fuego, hermano.

—No te preocupes por mí –dijo Lane irritado por la perspicacia de su hermano–. Bueno, ¿qué es lo que quieres?

–¡Vaya!

–¿Qué?

–Te has enfadado. Lo que significa que se trata de algo más que de un poco de diversión con tu socia –comentó T. J.–. En fin, ¿cuándo nos vas a presentar formalmente a la futura señora Donaldson?

–Cállate y dime para qué has llamado –le espetó Lane.

–Está bien, cálmate, Freud. Te he llamado porque tengo un problema con mi vecina. Su semental se salta constantemente la valla para ir con mis yeguas y necesito que me ayudéis –dijo T. J. encolerizando.

–¿A cuántas yeguas ha montado esta vez?

Lane comprendía la frustración de su hermano. T. J. criaba caballos para los rodeos y que un semental cualquiera a preñara sus yeguas iba a costarle cientos de miles de dólares y a retrasar varios años su programa de cría de caballos.

–Ayer montó a otras cuatro yeguas antes de que yo le viera en los pastos –contestó T. J. furioso–. Así que ya son diez yeguas en cuatro meses.

–¿Qué podemos hacer para ayudarte? –preguntó Lane, consciente de que todos los hermanos se unirían para ayudar a T. J.

T. J. llevaba un año aproximadamente tratando de convencer a la dueña del rancho vecino de que arreglara las vallas. Al no conseguirlo, le había pedido que llevara al semental a otra parte del rancho. Como su vecina tampoco había hecho eso, parecía que había esbozado otro plan.

–He pensado que con mis dos empleados y nosotros seis podríamos poner una valla de alambre entre mi rancho y el de la vecina y lo tendríamos acabado para por la noche –contestó T. J. con decisión.

–Sí, supongo que eso solucionaría el problema –concedió Lane–. Voy a desayunar y después iré directamente a tu rancho.

–Gracias, Lane –dijo T. J. con sinceridad–. Te debo un favor.

–Estaré ahí en unas dos horas –añadió Lane, y cortó la comunicación.

Al volver a la cocina vio que Taylor había preparado ya dos platos con huevos benedictine y salmón ahumado, pan y ensalada de frutas.

–Tiene una pinta buenísima –dijo Lane apartando la silla de Taylor de la mesa para que se sentara–. Hace años que no comía tan bien.

–Ya verás lo que te espera para cenar esta noche –dijo ella sonriendo.

–Lo siento, pero me temo que esta noche voy a volver bastante tarde –Lane se sentó a la mesa–. Mis hermanos y yo vamos a ir al rancho de T. J. a ayudarle a poner una valla entre su rancho y el de su vecina.

–¿Tiene problemas con la vecina?

Tras explicarle la situación, Lane dedicó a Taylor una sonrisa de disculpas.

–Lo siento, pero hoy no voy a poder darte clases de póquer.

–No te preocupes por eso, –ella le puso una

mano en el brazo–, evitar que el semental de la vecina se pase al rancho de tu hermano es más importante. Tendré la cena preparada para dos horas más tarde que de costumbre.

Lane le tomó la mano y corrió su silla hacia atrás para que Taylor pudiera sentarse encima de él.

–Te prometo que volveré tan pronto como me sea posible.

Taylor le besó.

–Mientras tú estás con tus hermanos, yo voy a llamar a la empresa de la mudanzas para ver qué pasa con mis cosas. Deberían haberlas traído a finales de la semana pasada. Si consigo que me lo traigan todo hoy, pasaré el día guardándolo.

–¿Tan segura estás de que vas a ganarme al póquer? –bromeó él.

Sonriendo maliciosamente, Taylor asintió.

–Voy a destrozarte.

–Eso ya lo has conseguido, cielo –Lane la besó y después la ayudó a levantarse y él también se puso en pie–. Bueno, será mejor que me vaya ya.

–No has acabado el desayuno –Taylor miró el plato lleno de Lane.

–Aunque sé que eso debe estar exquisito, lo que me gustaría no está en el menú –dijo Lane mientras se acercaba al mostrador para servirse una taza de café.

–Podría prepararte otra cosa...

Lane se acercó a ella, dejó la taza en la mesa y la abrazó.

–Lo que quiero es a ti, en la habitación, desnuda –le plantó un sonoro beso en la mejilla y, al apartar el rostro del de ella y mirarla a los ojos, vio pasión–. Pero mucho trabajo y me tengo que marchar. Hasta esta noche, Taylor.

Taylor esperaba, entre enfurecida y con miedo, la llegada de Lane. Cuando vio los faros de la camioneta en la oscuridad, le entró un gran alivio. Sin esperar a que él entrara en la casa, descorrió el cerrojo de la puerta posterior, salió al porche y bajó los escalones.

–Tenemos un problema –dijo ella cuando Lane abrió la portezuela del vehículo.

A pesar de lo enojada que se encontraba, sintió un inmenso desahogo. Ahora que Lane había vuelto, estaba a salvo.

–¿Qué te pasa? –preguntó él saliendo de la camioneta.

–Roy Lee –contestó ella estremeciéndose. Le entraban temblores solo de pronunciar su nombre–. Tenemos que despedir a Roy Lee Wilks.

–¿Por qué? ¿Qué ha hecho?

–Ha robado todas las cosas que hice que me enviaran desde California. Hoy he llamado a la empresa y me han dicho que enviaron un camión con mis cosas la semana pasada y que Roy Lee firmó la entrega.

–¿Y qué ha hecho con tus pertenencias? –preguntó Lane cerrando las manos en puños y lanzando una furiosa mirada hacia la cabaña de los empleados.

–No lo sé –Taylor sacudió la cabeza–. No he querido ir a hablar con él.

–Me alegro de que no lo hayas hecho –Lane la rodeó con los brazos y la estrechó contra sí.

–Primero quería hablar contigo para ver la mejor manera de solucionar el problema –admitió ella.

–Tú no tienes que hacer nada, deja que me encargue yo de todo –declaró él con firmeza.

Taylor frunció el ceño.

–¿No crees que debería ser yo quien hablara con él? Al fin y al cabo son mis cosas.

–Comprendo que quieras decirle cuatro cosas; pero, en este caso, no te lo aconsejaría. Piénsalo. El comportamiento de Roy Lee respecto a ti no parece normal. No digo que sea peligroso, pero mejor no correr ningún riesgo.

–En ese caso… ¿Qué vas a hacer? –preguntó Taylor, consciente de que el asunto podía ser más complicado de lo que había pensado.

–Voy a ir a la cabaña a averiguar qué ha hecho Roy Lee con tus pertenencias. Después, voy a decirle que recoja sus cosas y se vaya de aquí inmediatamente –contestó Lane–. Tú entra en casa y cierra con cerrojo.

–He tenido los cerrojos echados todo el día, aunque sabía que Roy Lee estaba con los otros empleados trabajando en otra parte del rancho –admitió Taylor.

Lane asintió.

–Vamos, entra. Voy a hablar con Roy Lee.

–Ten cuidado, por favor –dijo ella, temblando de pies a cabeza.

–No te preocupes por mí, cielo. No me va a pasar nada –Lane le dio un beso–. Puede que tarde un poco porque no me voy a separar de Roy Lee hasta que no haga el equipaje y se marche. Y me voy a asegurar de que se va.

Una hora más tarde, Taylor lanzó un suspiro de alivio al oír la llave de Lane en el cerrojo de la puerta.

–¿Qué tal? ¿Has conseguido que Roy Lee se vaya? –preguntó Taylor al tiempo que le rodeaba la cintura.

Al momento, él la estrechó contra sí.

–No. Al principio ha hecho como si no supiera nada. Pero cuando le he dicho que sabíamos que había firmado la entrega, ha confesado que había puesto las cosas en el pajar del establo –Lane sacudió la cabeza–. Estaba esperando a que yo no estuviera por aquí para traer tus cosas a la casa.

–Todo esto no me hace ninguna gracia –comentó ella apoyando la cabeza en el pecho de Lane.

–Quería pedirte que fueras con él a bailar y pensaba que si hacía como si él hubiera encontrado tus cosas te sentirías agradecida y aceptarías ir con él –con voz cansada, Lane concluyó–: Roy Lee tiene problemas para comunicarse con la gente y tampoco es muy listo, pero no creo que sea peligroso. Solo quería causar una impresión favorable porque le gustas.

–¿Es tu opinión como psicólogo? –Taylor echó la cabeza hacia atrás para mirarle.

Lane sonrió traviesamente.

–Sí, ¿por qué no?

De repente, Taylor se dio cuenta de lo cansado que Lane parecía.

–Siento mucho haberte causado este problema, Lane; sobre todo, después del día que has tenido. Se te ve agotado. Y, para colmo, estaba tan angustiada que no he preparado nada de cena. Pero mientras te das una ducha podría preparar unos bocadillos. ¿Te parece bien?

–Estupendo.

Lane bostezó, la besó en la frente y comenzó a desabrocharse la camisa.

–No tardaré –añadió él.

Mientras Lane se duchaba, Taylor preparó los bocadillos. Al mirar el reloj de la cocina, frunció el ceño. Lane debería haber acabado de ducharse hacía un rato.

Taylor subió a buscarle y, al llegar a la puerta del dormitorio de Lane, la encontró medio abierta.

–Lane…

El corazón comenzó a latirle con fuerza al verle profundamente dormido encima de la cama y la ropa limpia a su lado. El desnudo de Lane era magnífico.

Una intensa emoción la sobrecogió mientras

retiraba la ropa de él y le echaba la colcha por encima. A pesar de lo cansado que debía estar al volver a la casa después de trabajar todo el día, había acudido en su auxilio y se había encargado del problema con Roy Lee.

Salió del cuarto sigilosamente y bajó a la cocina. Envolvió y guardó los bocadillos en el frigorífico, apagó las luces de la cocina y subió al piso de arriba. Miró la puerta de su habitación y la de él. Sabía dónde debía dormir, pero no era ahí donde quería.

Entró en su dormitorio, se puso un camisón, salió al pasillo, entró en la habitación de Lane y se acostó a su lado. Aun dormido, Lane se volvió hacia ella y la rodeó con un brazo.

Y Taylor, a pesar suyo, tuvo que reconocer que se estaba enamorando locamente de Lane Donaldson.

Tres días después del incidente con Roy Lee, Lane respiró hondo al aparcar la camioneta al lado de los vehículos de sus hermanos. Salió, rodeó la camioneta y le abrió la puerta a Taylor. No le apetecía nada pasarse el día aguantando la inquisición a la que sus hermanos iban a someterle respecto a su socia.

–Espero que les guste el regalo que he comprado para la niña y que sea algo que necesiten –comentó ella al bajarse del vehículo.

–Les encantará –respondió él, consciente de

que Ryder y Summer le agradecerían a Taylor el detalle.

Tanto a sus hermanos como a él les había ido muy bien la vida después de los estudios y gozaban de muy buena posición económica; pero gracias a su padre de acogida, sabían lo que era realmente importante en la vida.

Mientras cruzaban el patio, notó el nerviosismo de Taylor. Lo comprendía, pero sabía que Taylor no tenía nada que temer. Iban a recibirla con el mismo cariño que él... ¿qué?

El corazón pareció dejarle de latir.

¿Por qué se le había ocurrido semejante idea?

—Lane, ¿te pasa algo? —le preguntó Taylor notando la tensión.

—No, nada —respondió Lane tras vacilar.

—¡Eh, hola, hermano! —gritó Nate desde el patio cubierto donde se encontraba con el resto de los hermanos.

—¿Qué tal? —dijo Ryder acercándoseles.

—Bien, bien —respondió Lane.

Ignorando a Lane completamente, Ryder se dirigió a Taylor.

—Creo que hablamos por teléfono el día que Katie nació. Encantado de conocerte. Soy Ryder McClain, el hermano más guapo que este tipo tiene.

—Eso quisieras tú —le espetó Lane.

—Me alegro de volverte a ver, Taylor —dijo Nate sonriente al tiempo que le daba una cerveza a Lane—. Y no hagas caso a estos dos, ambos saben que el más guapo, con mucho, soy yo.

–Eso es lo que dejamos que creas, Nate –dijo T. J. acercándose a ellos–. Hola, Taylor. Yo soy T. J.

Sam, con un niño en los brazos, sonrió y asintió.

–Yo soy Sam y este es Hank, mi hijo. Nos alegramos mucho de que hayas venido a la fiesta.

–Gracias por haberme invitado –dijo Taylor sonriente–. Me apetecía mucho conoceros.

–Sam, ¿por qué no me das a Hank para que le acueste? La comida estará lista en unos diez minutos –dijo Bria desde la puerta posterior de la casa.

Al ver a Taylor al lado de su marido, sonrió y añadió:

–Lane, ¿por qué no traes a Taylor adentro? Estoy segura de que preferirá estar con Summer, Mariah y yo a oíros hablar de bueyes y caballos.

Lane puso una mano en la espalda de Taylor y la guio hacia la puerta.

–Taylor, esta es Bria, la mujer de Sam. Es como el pegamento que nos mantiene a todos unidos –Lane le dio un beso a Bria en la mejilla–. Por supuesto, todos la adoramos.

–Entra –dijo Bria antes de dar un abrazo a Taylor. Después de que su marido, Sam, le pasara al niño, hizo un gesto a Taylor para que entrara–. Voy a presentarte a mi hermana Mariah y a Summer, la mujer de Ryder.

Mientras Bria se encargaba de Taylor, Lane fue a reunirse con sus hermanos. Entonces, miró a su alrededor y preguntó:

–¿Dónde está Jaron?

Ryder asintió en dirección a la carretera.

–Mira, por ahí viene.

Cuando Jaron aparcó y salió de su furgoneta, los demás le saludaron como habían saludado a Lane.

–Mariah está en la casa con el resto de las mujeres... solo por si quieres decirle que ya has llegado –Sam sonrió de oreja a oreja.

–Déjame en paz, Rafferty –le espetó Jaron al tiempo que aceptaba la cerveza que le ofrecía T. J.–. Además, debe seguir enfadada conmigo.

–Si no dejas de hacerte el remolón y le pides a esa chica que salga contigo, vas a perder la oportunidad de tu vida –le aconsejó Nate.

–¿Es eso lo que te pasó a ti cuando dejaste de ver a esa rubia en Waco? –preguntó Jaron lanzando una significativa mirada a Nate.

–Eso era diferente y lo sabes –contestó Nate poniéndose serio–. Y otra cosa, no esperaba semejante golpe bajo de mi mejor amigo.

Lane y los otros cuatro se miraron. Jaron y Nate eran uña y carne desde que se conocieron en el rancho Last Chance, y seguían participando juntos en los rodeos. Eran completamente diferentes, pero siempre se habían compenetrado. Mientras que Jaron era callado y serio, Nate era extrovertido y se lo tomaba todo a broma. Pero Nate lograba hacer salir a Jaron de su cascarón y Jaron, a su vez, ayudaba a Nate a poner los pies en la tierra. Por eso era extraño notar tensión entre ambos, era la primera vez que ocurría.

–Oye, Nate, lo siento –se disculpó Jaron–. Es solo que no quiero hablar de Mariah. Soy demasiado mayor para ella y se acabó.

Nate asintió.

–Acepto tus disculpas, hermano.

–Ya estamos otra vez con ese complejo de Matusalén –comentó T. J. sacudiendo la cabeza.

Justo cuando Lane pensaba que se habían olvidado de él y que no iba a tener que aguantar preguntas y más preguntas de sus hermanos respecto a su relación con Taylor, Ryder inquirió:

–Bueno, ¿qué pasa entre tú y Taylor?

–Ah, eso, ¿cuándo se supone que vais a jugaros al póquer cuál de los dos se queda con el Lucky Ace? –añadió Sam.

–Dentro de una semana más o menos –contestó Lane mirando hacia la casa.

¿Por qué tardaban tanto las mujeres en llamarles para ir a comer?

–Bueno, ya sabes que hay una manera de que los dos podáis vivir en el rancho –observó T. J.

Lane pilló la indirecta inmediatamente.

–No voy a casarme con una mujer solo para no perder el rancho.

–¿Quieres decir que te casarías con ella por otros motivos? –preguntó Ryder riendo.

Lane bebió un trago de cerveza y se le atragantó.

–No creo que me case nunca.

–No digas de esta agua no beberé, hermano –declaró Ryder, arriesgándose a recibir un puñetazo–. Fíjate en mí, dije eso justo antes de darme cuenta de que Summer era lo mejor que me había podido pasar en la vida. Después, me faltó tiempo para ponerle el anillo de casada en el dedo.

–Eso fue diferente –dijo Lane con obstinación, y sacudió la cabeza.

–Apuesto cien dólares a que Lane se casa con Taylor antes del Cuatro de Julio –dijo T. J. a carcajadas.

–Yo apuesto a que será al mes que viene –añadió Nate, y se metió la mano en el bolsillo para sacar el dinero de la apuesta.

–Yo digo que el Día del Trabajo –declaró Jaron.

–¿Quién recoge las apuestas? –preguntó Sam.

–Yo –dijo Ryder ofreciéndose voluntario.

Mientras sus hermanos apostaban, Lane se miró el reloj. Taylor y él apenas llevaban ahí media hora y sus hermanos ya les veían delante del altar. Sí, la tarde se le iba a hacer eterna.

Después de la comida cena, Taylor se echó a reír mientras veía a los cinco orgullosos tíos pelearse por ser el primero en tomar en sus brazos a la niña.

–Yo soy el que tiene más experiencia con los bebés –declaró Sam–, así que soy el primero.

–Sí, pero a mí se me dan mejor que a ti las mujeres –dijo Nate–. Si llora, conseguiré ponerla de buen humor y que se calle.

T. J. alzó los ojos y sacudió la cabeza.

–Tu sonrisa asusta, hermano. El primero debería ser yo.

–¿Por qué, T. J.? –preguntó Jaron con el ceño fruncido–. Tú ni siquiera consigues llevarte bien con tu vecina. ¿Qué te hace pensar que te va a ir mejor con la niña?

En ese momento, Taylor vio que Lane, discretamente, se levantaba de la silla, se acercaba a la cabecera de la mesa y le quitaba a Ryder a la niña de las manos.

–Seguid discutiendo –dijo Lane mientras acunaba a la niña en los brazos–. Entre tanto yo voy a hacerme amigo de mi sobrina.

–¿Ves lo que has conseguido? –le dijo Nate a T. J. en tono de queja–. Lane ha aprovechado y se nos ha adelantado.

–¿Yo? –T. J. sacudió la cabeza–. Yo no he hecho nada. Has sido tú el que…

Mientras los hermanos continuaban discutiendo amigablemente, a Taylor se le aceleró el pulso al ver a Lane con el bebé en los brazos. Al contrario que la mayoría de los hombres, él sujetaba a la pequeña con suma naturalidad. ¿Por qué enternecía tanto ver a un hombre grande y fuerte con un bebé? Y, más importante aún, ¿por qué esa emoción que la ahogaba?

Nunca había pensado en tener hijos, pero ahora, sorprendentemente, se imaginó a Lane y a ella con un hijo.

¿De dónde había salido esa idea? No era dada a soñar despierta.

En ese momento, Lane volvió la cabeza y la sorprendió mirándole, y la sonrisa que le dedicó la dejó sin aliento.

–Taylor, ¿has tenido ya en los brazos a la Katie?

–No –respondió Taylor sacudiendo la cabeza–. Tus hermanos deberían ir por delante.

–No nos importa, de verdad –dijo Nate–. Las damas primero.

–Eso es –interpuso T. J.–. A todos nos llegará el turno. Y ya veréis, antes de que nos demos cuenta, Katie nos va a volver del revés, igual que Hank.

Con incredulidad, Taylor vio a Lane caminar hacia ella y dejar a Katie en sus brazos. Después, se sentó a la mesa, al lado de ella.

–Voy a ser su tío preferido –declaró Lane apoyando un brazo en el respaldo de su silla.

–Es la primera vez que sostengo a un bebé –contestó Taylor, encantada con la pequeña.

–¿En serio? –preguntó Bria con incredulidad.

–No tengo hermanos y ninguna de mis amigas tiene hijos –contestó Taylor.

Al mirar a Lane, un cosquilleo le corrió por el cuerpo.

–Se te da muy bien –le susurró.

–Ahora ya sabemos a quién llamar cuando Hank se pone tonto y tú yo estamos ocupados, Bria –dijo Sam riendo.

–Entre estos dos y Mariah lo tenemos solucionado –añadió Bria, riendo también.

–Taylor, parece que nos han elegido de niñeras –dijo Mariah.

—El problema es que, aparte de tenerla en los brazos, no sé nada más acerca de los bebés —comentó Taylor.

Summer sonrió y le confió:

—Yo tampoco sabía nada hasta que Katie nació. Por suerte, existe eso que se llama instinto maternal, además de múltiples páginas web.

Cuando Hank comenzó a protestar desde el cochecito, Bria le dio a Sam un biberón.

—Chicos, ¿por qué no os vais con los niños al cuarto de estar? Y después de darle el biberón a Hank, entretenedlos mientras nosotras recogemos la cocina.

Taylor le pasó a Lane a la recién nacida, se levantó de la silla y empezó a recoger la mesa con las otras tres mujeres.

—He notado que Jaron y tú no os habéis dirigido la palabra —le dijo Summer a Mariah cuando Taylor entró en la cocina—. ¿Sigues enfadada con él?

—Sí —respondió Mariah—. Jaron no debería haberse regodeado tanto de haber acertado si era niño y no niña.

—¿No crees que te estás pasando? —preguntó Bria.

—Quiero que me pida disculpas —insistió Mariah—. Y no voy a hablarle hasta que no lo haga.

—Lleva enamorada de Jaron desde que era adolescente, y me parece que él también está enamorado de ella —susurró Summer a Taylor—. Pero Jaron está empecinado en que es demasiado mayor para ella.

–He notado que, durante la cena, Jaron no le ha quitado los ojos de encima –comentó Taylor.

Summer asintió.

–Siempre que nos reunimos pasa eso.

–Quizá consigan reconocerlo algún día –dijo Taylor.

–Sí, quizá –contestó Summer sonriendo.

Pasaron a hablar de niños y biberones y Taylor escuchó a las dos madres sonriente. Incluso las mujeres de los hermanos se llevaban bien, lo que hacía que la familia siguiera muy unida.

Unas horas después, de regreso al rancho, Taylor miró a Lane.

–Me cae muy bien tu familia –confesó ella con sinceridad–. Todos han sido muy amables y me ha encantado conocerlos.

–Tengo mucha suerte de tenerlos –Lane se encogió de hombros–. Siempre están ahí cuando los necesito y viceversa.

–Me parece maravilloso. A mí también me habría gustado tener una familia así.

Lane apartó una mano del volante momentáneamente para acariciar la de ella.

–Somos una familia normal. En general, nos llevamos bien. Aunque, a veces, cuando nos reunimos, puede parecer un zoológico –Lane sonrió–. Pero también discutimos, no creas.

–Pero superáis vuestras diferencias enseguida, ¿no?

–Sí, siempre –admitió él.

–Eso es algo que jamás ocurre con mis padres

–comentó Taylor, y lanzó un suspiro–. No paran de gritarse.

–Pero los dos te quieren.

Taylor asintió.

–Supongo que mi familia tiene una dinámica diferente –comentó ella resignada.

Mirando a las estrellas por el parabrisas, Taylor no pudo evitar sentir envidia al pensar en la familia de Lane. Había pasado un buen rato oyendo a Bria y a Summer hablar de sus maridos y casi le habían entrado ganas de casarse también.

Nunca había pensado en el matrimonio ni en tener hijos debido a la pésima relación de sus padres. Pero había sido una revelación ver a los hermanos de Lane con sus esposas, darse cuenta de lo mucho que se querían. Se trataba de unas relaciones basadas en el amor y el respeto mutuo.

–Voy a organizar la partida de póquer en Shreveport para finales de la semana que viene –dijo Lane, interrumpiendo su ensimismamiento.

–¿Crees que habré aprendido lo suficiente como para poder ganarte? –las palabras de Lane no la habían entusiasmado.

En primer lugar, no creía poder ser digna contrincante de él. Además, ganara quien ganase, el otro tendría que abandonar el rancho, y eso la entristecía sobremanera.

Una semana atrás lo único que había querido era hacerse con la parte del rancho que pertenecía a Lane y echarle de la propiedad. Pero ahora...

–Todavía tienes que tener cuidado con los tics

–respondió Lane–. Pero sí, estás preparada para jugar contra mí.

Los dos guardaron silencio durante el resto del trayecto. Cuando Lane aparcó la camioneta en el rancho, Taylor decidió no pensar en lo que iba a pasar después de la partida de póquer. Estaba decidida a disfrutar el tiempo que estuvieran juntos.

–No sé tú, pero yo estoy encantado de haber vuelto a casa –dijo Lane derritiéndola con su sonrisa–. Creo que deberíamos acostarnos ya, ¿no te parece?

–¿Que quieres acostarte? ¿No les habías dicho a tus hermanos que, cuando volvieras a casa, ibas a ver el partido de béisbol? –dijo ella fingiendo inocencia.

Sabía exactamente qué era lo que Lane quería, lo mismo que ella.

–Lo que le digo a mis hermanos y lo que hago son cosas distintas –declaró Lane, que salió del vehículo, lo rodeó y le abrió la puerta para ayudarla a salir. Entonces, inclinándose sobre ella, le susurró al oído–. Prefiero hacer gimnasia arriba.

Al entrar en la casa, Lane cerró la puerta y, al momento, la abrazó.

–Estoy decidido a que nunca olvides esta noche –dijo él antes de besarla y dejarla sin aliento.

Capítulo Ocho

Subieron las escaleras con las manos entrelazadas. Cuando llegaron a la habitación de él, Lane encendió unas velas que había dejado encima de la mesilla de noche antes de ir al rancho de Ryder.

–Quiero que esta noche sea inolvidable –dijo volviéndose hacia Taylor.

Taylor se puso de puntillas y le besó.

–¿Qué tienes pensado?

–Ya lo verás –respondió él.

Lane se quitó las botas y se desabrochó la camisa. Pero sacudió la cabeza cuando Taylor empezó a quitarse la blusa de seda.

–Permíteme el placer de desnudarte.

Una vez desnudo, Lane se arrodilló para quitarle los zapatos. Le acarició los tobillos y los pies descalzos. Quería ir muy despacio y tomarse todo el tiempo del mundo para recorrer ese exquisito cuerpo con las manos y excitarla al máximo.

Lane sonrió mientras le desabrochaba el primero de los botones de la blusa.

–Quiero que cierres los ojos y que te concentres en lo que sientes mientras te voy desnudando.

–Bien –murmuró ella obediente.

Tras desabrocharle el botón superior, Lane la

besó y a cada botón siguió otro beso. Cuando llegó a la cinturilla de los pantalones, Taylor tenía el cuerpo erizado.

–Me estás… volviendo… loca –confesó Taylor sin aliento.

Lane le selló los labios con un dedo y le susurró al oído:

–Ssssss. No hables y mantén los ojos cerrados. Siente lo que te hago. ¿De acuerdo?

Taylor asintió y él le quitó la camisa. Después, muy despacio, le depositó diminutos besos a lo largo de los brazos, desde los hombros a la punta de los dedos, y a continuación le desabrochó el sujetador. Tiró la prenda al suelo y, sujetándole los senos con las manos, los besó y los chupó.

Un quedó gemido escapó de los labios de Taylor.

Lane le desabrochó el botón de la cinturilla del pantalón y, muy despacio, le bajó la cremallera al tiempo que le besaba el vientre de la misma manera que había hecho al quitarle la blusa. Al llegar al elástico de las bragas, se detuvo para bajarle los pantalones y entonces le besó las piernas enteras, hasta los pies. Y volvió a besarla de forma ascendente por la parte interior de los muslos antes de detenerse para despojarla del encaje que ocultaba su objetivo.

–Lane…

–Sssss –murmuró él antes de besarla íntimamente.

Al oírla gemir y balancearse, le agarró las manos y se las colocó encima de los hombros. Al reanudar el sensual asalto, sintió las uñas de ella en la espalda y se dio cuenta de que estaba al borde del orgasmo.

Lane se puso en pie, la levantó en brazos y la llevó a la cama. Deseaba poseerla, pero esa noche era la noche de Taylor. Quería proporcionarle todo el placer que un hombre podía darle a la mujer que había conquistado su corazón.

Estaba completamente dedicado a la mujer que tenía en los brazos mientras la depositaba en la cama. Después, agarró un preservativo del cajón de la mesilla de noche.

Ya con el condón, se sentó en la cama y sentó a Taylor encima de él. Apretó los dientes cuando ella, despacio, le absorbió.

—Abre los ojos, Taylor —ordenó él.

Lane se quedó sin respiración al ver una profunda pasión en los verdes ojos de Taylor.

Mirándose el uno al otro a los ojos, Lane la instó a rodearle con las piernas y ambos comenzaron a moverse rítmicamente. Pronto, llegaron al límite.

Alcanzaron el clímax al unísono. Lane se sintió casi mareado mientras una tormenta de placer les envolvía.

En aras de la pasión, Lane reconoció, sin duda alguna, que la mujer que tenía en los brazos había cambiado su vida. Ya no tenía fuerzas para controlar sus sentimientos. Estaba enamorado y, tan pronto como zanjaran el asunto del rancho, iba a confesarle su amor.

***

A la mañana siguiente, durante el desayuno, Taylor sonrió al ver a Lane entrelazar los dedos con los de ella. Parecía aprovechar cualquier oportunidad para tocarla o besarla. Y ella estaba encantada.

—¿Qué tienes pensado hacer hoy? —preguntó Taylor tras beber un sorbo de café.

—Después de llamar por teléfono para organizar la partida de póquer, voy a ir con Judd a los pastos del norte —respondió Lane con una sonrisa que le aceleró el pulso—. Necesita que alguien le ayude a separar a unas cuantas vacas de la manada y llevarlas al corral.

—¿Por qué? ¿Les pasa algo? —Taylor sabía que, por motivos como alguna enfermedad, había que separar a unos animales del resto de la manada.

Lane asintió.

—Judd cree que algunas pueden tener conjuntivitis.

—Eso es muy contagioso, ¿no? —Taylor recordaba a su abuelo hablando de enfermedades contagiosas en los animales y que, para evitar que pasaran a toda la manada, había que separar a los enfermos de los sanos y ponerlos a tratamiento inmediatamente.

—No te preocupes, lo solucionaremos inmediatamente —le aseguró Lane.

—¿Por qué no le ayuda algún otro empleado?

–Porque nos falta uno, ya que hemos despedido a Roy Lee –explicó él.

Lane se levantó de la mesa, llevó el plato al fregadero, lo aclaró y lo metió en el lavavajillas.

Taylor se acercó a la pila y le abrazó la cintura.

–¿Vas a venir a almorzar?

–No, no creo que pueda –Lane la besó hasta dejarla sin aliento–. Pero, desde luego, vendré a cenar.

Lane volvió a besarla; después, agarró el sombrero y se marchó.

Al quedarse sola, Taylor se preguntó qué iba a pasar después de que en la partida de póquer se decidiera quién se quedaba con el rancho. Si ganaba él, ¿aceptaría que ella se quedara más tiempo del que habían acordado? Si ganaba ella, ¿se avendría Lane a quedarse en el rancho hasta que la atracción mutua que sentían se disipara?

Subió a desembalar las cajas de cartón que Lane había rescatado. Tres horas más tarde, bajó a tomarse un descanso y estaba preparándose un café cuando alguien llamó a la puerta. Al abrir, se encontró delante a Roy Lee Wilks.

–Buenos días, señorita Scott.

–¿Qué haces aquí, Roy Lee? Lane te dijo que te fueras del rancho y que no volvieras.

Roy Lee asintió.

–Perdóneme por lo que hice, es que quería traerle las cosas personalmente –Roy Lee hizo una mueca de desagrado–. Pero él me estropeó el plan.

–Acepto tus disculpas. Y ahora, por favor, márchate.

Taylor fue a cerrar la puerta, pero Roy Lee adelantó el pie, impidiéndoselo.

—No solo he venido a pedirle disculpas —Roy Lee se sacó unos papeles del bolsillo de los vaqueros y adoptó una expresión maliciosa—. Quería que se enterara de algunas cosas referentes al desgraciado con el que está. Les he visto muy cariñosos en el porche, pero usted no tiene idea de con quién se las está jugando.

—¿Nos has estado espiando? —a Taylor le hirvió la sangre en las venas—. Márchate ahora mismo y no vuelvas a poner un pie en este rancho. Si lo haces, llamaré a la policía para que te detenga.

—Antes voy a darle esto —dijo Roy Lee dejando los papeles en su mano—. Se va a enterar de quién es Donaldson. No es lo que parece. Puede que yo no le guste, pero comparado con él soy un santo.

Antes de poder devolverle los papeles, Roy Lee retiró el pie y se marchó.

Las manos le temblaban al echar el cerrojo de la puerta. No le había traicionado el instinto, Roy Lee era el hombre más desagradable que había conocido en la vida.

Taylor fue directamente a la cocina y, sin poder contenerse, echó un ojo a los papeles.

Eran recortes de artículos de varios periódicos de Houston. Uno de los artículos era sobre el suicidio del padre de Lane y el sobre el dinero que le había robado a la empresa en la que trabajaba.

Se sentó a la mesa para seguir leyendo y fue cuando se enteró de que el único hijo de Ken Donaldson, Lane, de trece años de edad, había sido quien había encontrado a su padre colgando de la viga del techo del garaje de la casa.

Pero fue el siguiente artículo el que le causó náuseas. El hijo del especialista en finanzas que se había quitado la vida, había sido arrestado dos años después por vender objetos robados a varias tiendas de empeño en la zona de Houston. El menor se había confesado culpable; pero, debido a circunstancias extenuantes, le habían llevado a una casa de acogida en vez de a un correccional.

Al parecer, la primera impresión sobre Lane había sido la correcta. Lane debía haber engañado a su abuelo y debía haber hecho trampas para ganarle la mitad del rancho.

¿Por qué se había dejado engatusar? ¿Cómo había podido ser tan ingenua?

Con el corazón hecho añicos, subió a su habitación a por el ordenador portátil y pasó el resto del día buscando información en los archivos de los periódicos sobre el pasado de Lane. No logró averiguar gran cosa, a excepción de una breve nota necrológica respecto al fallecimiento de su madre y detalles sobre la subasta de las propiedades y los bienes de la familia cuya recaudación había sido destinada a devolver el dinero que el padre de Lane había robado.

Cuando Lane regresó a la casa después de haber pasado el día ayudando al encargado del rancho, Taylor le estaba esperando con toda la información de que disponía.

Se sentía estafada después de haberse convencido a sí misma de que había estado equivocada y que Lane era digno de toda su confianza. Se había entregado a él y Lane, con toda probabilidad, debía estar riéndose de ella.

–¿Has organizado ya la partida de póquer? –preguntó Taylor cuando Lane abrió la puerta y colgó el sombrero del gancho.

Lane abrió el frigorífico para sacar una cerveza y asintió.

–He llamado a Cole Sullivan y nos va a preparar una sala para el viernes en el casino –Lane se acercó a la mesa para sentarse–. Ha dicho que acababa de enterarse de la muerte de tu abuelo y que tiene una cosa que Ben le dejó para que nos la diera a los dos.

Lane hizo una pausa y frunció el ceño antes de preguntar:

–¿Tienes idea de qué puede ser?

–¿Cómo voy a saber lo que mi abuelo le dio a un hombre que no conozco de nada? –Taylor fue incapaz de contener la cólera en su voz.

Lane le cubrió la mano con la suya sobre la mesa.

–¿Te pasa algo?

–Sí –respondió ella retirando la mano.

–Dime qué te pasa, cielo –Lane parecía sincero, pero ella sabía que no era digno de confianza.

–En primer lugar, no vuelvas a llamarme cielo –Taylor se cruzó de brazos–. No soy tu cielo, ni tu cariño, ni tu nada.

Lane iba a llevarse la botella de cerveza a los labios, pero la dejó de nuevo en la mesa.

—Está bien, ¿qué es lo que te pasa? ¿Por qué te molesta, de repente, que te llame cielo?

—Hoy he descubierto algo de ti sumamente preocupante —declaró tratando de no perder los estribos.

Si no se controlaba iba a perder la compostura. Y prefería morir antes de permitir que Lane se diera cuenta del daño que le había hecho.

—¿Qué es lo que has descubierto? —preguntó él.

Taylor se dio cuenta de que Lane sabía lo que iba a decirle. Posiblemente ya había preparado un plan en previsión de que ella descubriera su pasado. Pero nada, absolutamente nada, que él pudiera decir iba a redimirle.

—Cuando me contaste que habías ido a una casa de acogida se te olvidó decirme que eras un delincuente —Taylor sacudió la cabeza—. Debería haberme dejado guiar por el instinto. Estafaste a mi abuelo y le robaste la mitad del rancho, ¿verdad?

—No —Lane se puso en pie y se acercó a la pila para vaciar en ella la botella de cerveza. Cuando se volvió de nuevo a ella, su expresión era impenetrable—. Ya te lo he dicho antes, yo jamás he hecho trampas en el juego.

—Sí, seguro. Lo que tú digas. Pero se te daba bien estafar y robar —dijo Taylor poniéndose en pie—. Tenías que ser un mentiroso profesional para conseguirlo. Como has conseguido engañarme a mí.

—Yo nunca te he mentido —dijo Lane al tiempo que daba un paso hacia ella.

Taylor se negó a que Lane le intimidase y no retrocedió.

—Debes pensar que soy una ingenua y una estúpida. Has debido reírte mucho al ver que me dejaba seducir.

—En absoluto, Taylor —insistió Lane—. Estás equivocada y, en el fondo, lo sabes.

—La verdad es que, en este momento, no sé nada —admitió Taylor—. Supongo que debo agradecerte haberme demostrado lo mucho que puedo llegar a equivocarme.

—Siento decírtelo, Taylor, pero tienes un defecto y es llegar a una conclusión antes de conocer los hechos —dijo Lane con una frialdad que, sin duda, era furia controlada.

Pero Lane no había gritado, como ella había supuesto que haría. No necesitaba gritar. Su fría calma era más efectiva.

—Sí, no te he contado más cosas de mi pasado por dos razones: en primer lugar, porque no me siento orgulloso de mi pasado; en segundo lugar, porque sabía cómo reaccionarías.

—¿Ibas a hablarme de ello algún día? —preguntó Taylor.

—Sí —Lane respiró hondo—. Tenía intención de hablarte de mi problemática adolescencia y también de los motivos por los que hice lo que hice. Pero no he encontrado el momento adecuado.

—¿Vas a hablarme de ello ahora?

Lane la tomaba por una ingenua dispuesta a creer todo lo que él quisiera contarle.

–No, no voy a hacerlo –declaró Lane, sorprendiéndola–. Ya te has formado una opinión sobre mí y, en este momento, nada que yo pueda decir va a cambiar las cosas. Te lo contaré todo mañana, cuando te hayas tranquilizado.

–Mañana no vas a tener esa oportunidad –dijo Taylor con decisión–. Quiero que salgas de mi casa y de mi propiedad y no quiero verte hasta el día de la partida.

–Este rancho es tan tuyo como mío –observó Lane con voz gélida.

–La situación es intolerable y uno de los dos tiene que marcharse –dijo Taylor, consciente de que, legalmente, Lane tenía tanto derecho como ella a estar allí–. Es lógico que seas tú, debido a que puedes irte a la casa de alguno de tus hermanos. Yo no tengo a nadie por aquí.

Lane se la quedó mirando unos segundos que le parecieron una eternidad. Por fin, asintió y se volvió para marcharse.

–Meteré algunas cosas en una bolsa y dentro de un cuarto de hora dejaré la casa –entonces, se volvió–. Pero no creas que voy a ceder. Esta es mi casa y tengo intención de quedarme aquí a vivir durante mucho tiempo.

Cuando Lane subió a su dormitorio, Taylor salió al porche y se sentó en el columpio. No quería verle partir por miedo a echarse atrás en su decisión. Era demasiado tentador pedirle que se quedara y que le diera una explicación razonable.

Lo que más feliz la haría sería que Lane le dijera que su comportamiento había sido una reacción comprensible propia de un adolescente después de presenciar algo tan trágico como ver a su padre colgando de una viga. Lane había perdido mucho en poco tiempo y ella se daba cuenta del trauma que debía haber sufrido. Cuando aquello ocurrió Lane solo tenía trece años, y era consciente de que ese dramático episodio le había marcado. Pero, aunque Lane le asegurara que había superado su adolescencia, ¿podría estar segura de que le contaba la verdad?

De repente, oyó un portazo seguido de las pisadas de Lane; a continuación, el ruido del motor y de la camioneta alejándose.

Los ojos se le llenaron de lágrimas. Lane había hecho lo que ella le había pedido, pero... ¿por qué se sentía tan triste?

De repente, abundantes lágrimas le corrieron por las mejillas. El único hombre al que podría amar en la vida se había marchado.

—Voy a quedarme aquí unos días si no te importa —anunció Lane dos horas más tarde cuando T. J. abrió la puerta de su casa.

—¡Vaya! Problemas en el paraíso, ¿eh? —dijo T. J. haciéndose a un lado para dejar pasar a su hermano—. ¿Qué has hecho?

—¿Por qué piensas que he hecho algo? —quiso saber Lane.

—Porque somos hombres —respondió T. J.—. Hacemos tonterías casi todo el tiempo y a las mujeres les encanta echárnoslo en cara. Vamos, dime qué has hecho.

—No quiero hablar de ello.

A Lane no le apetecía en absoluto rememorar lo que había tenido lugar en el rancho. Taylor era la mujer más cabezota que había conocido en la vida y estaba furioso.

—Vamos a la caverna —dijo su hermano asintiendo—. Me parece que no te vendría mal una copa.

—Desde luego —murmuró Lane en pos de su hermano hacia la parte posterior de la casa.

Cuando entraron en la sala de juegos de T. J., decorada estilo bar del Oeste, Lane se sentó en uno de los taburetes del bar y su hermano rodeó la barra para sacar dos cervezas.

Lane se miró a sí mismo en el espejo de detrás de la barra, tenía un aspecto miserable. Se sentía fatal.

—Bueno, ¿vas a contarme lo que ha pasado? —insistió T. J. quebrando el silencio.

Lane vació la botella de cerveza y, como había esperado, su hermano le dio otra.

—No hay nada que contar. Taylor se ha enfadado y he venido a quedarme unos días en tu casa. Eso es todo.

—Vale, ya sabes que yo nunca me meto en tus asuntos —dijo T. J., que eligió con cuidado sus palabras.

—¿Desde cuándo? Eres el más entrometido de todos nosotros y lo sabes.

T. J. sonrió maliciosamente.

–Sí, se me da muy bien. Soy de la opinión de que, si a alguien se le da bien una cosa, ¿por qué desperdiciar ese talento?

–Esta vez te vas a quedar con las ganas, hermano –le advirtió Lane–. No estoy de humor para nada y no me gustaría acabar dándote un puñetazo.

–Debe haber sido una pelea en regla –comentó T. J. sacudiendo la cabeza–. Normalmente, no pierdes la cabeza.

–Esta noche es distinto –Lane acabó la segunda cerveza–. Me tomaría otra.

T. J. le dio otra botella.

–Debes estar loco por ella si ha conseguido ponerte así –T. J. frunció el ceño–. Nunca te he visto beber tan rápido.

–Es posible que me beba otras cuatro o cinco más antes de acostarme –quizá así conseguiría aplacar la angustia y el desasosiego que tenía agarrados al el estómago.

–Se ha enterado de lo que hiciste de adolescente, ¿verdad? –supuso T. J.

Lane lanzó chispas por los ojos y se llevó la cerveza a los labios.

–¿Cómo se ha enterado?

–No lo sé –Lane negó con la cabeza–. No me lo ha dicho y yo no le he preguntado. Pero eso da igual. Se ha enterado y ahora está convencida de que le gané a su abuelo la mitad del rancho haciendo trampas.

T. J. lanzó un silbido.

—Ni siquiera yo me permitiría hacer bromas con eso, y mucho menos acusarte de hacer trampas.

Lane asintió, se acabó la cerveza y se levantó.

—¿En qué habitación me acuesto?

—Tengo seis habitaciones de sobra, elije la que quieras —dijo T. J. siguiéndole hasta las escaleras.

Mientras subía al piso de arriba, Lane sabía que T. J. ya debía estar yendo hacia el teléfono para contarle al resto de sus hermanos lo que pasaba. Y no le hacía ninguna gracia. Sabía que le darían consejos porque le querían y se preocupaban por él, pero no quería saber nada de nada. Y esa noche menos. Ni al día siguiente. Ni nunca.

Desgraciadamente, nada de lo que sus hermanos pudieran decir o hacer iba a cambiar las cosas. Taylor estaba convencida de que él era un tramposo y nada ni nadie le haría entrar en razón.

Se tumbó en la cama y se quedó mirando el techo. A pesar de lo mucho que le dolía la falta de confianza de Taylor, no le era posible seguir enfadado con ella.

Mientras pensaba en lo mucho que la quería, comenzó a elaborar un plan para recuperarla. De repente, supo exactamente lo que tenía que hacer para convencerla de su honestidad.

Se puso los brazos debajo de la cabeza y sonrió. Iba a hacer todo lo que estuviera en sus manos para hacerla reconocer que estaban hechos el uno para el otro y que debía hacerse a la idea cuanto antes.

Capítulo Nueve

El viernes, cuando Lane llegó al casino, se dirigió directamente al despacho de Cole Sullivan.

–¿Lo tienes todo preparado para la partida? –preguntó Lane.

–Es un placer volver a verte, Lane –dijo el gerente del casino después de levantarse para estrecharle la mano–. Os he dejado la mejor habitación y el crupier está listo. Podéis empezar tan pronto como llegue la señorita Scott.

–Estupendo.

Lane estaba deseando empezar. Cuanto antes solucionaran lo del rancho, antes podría resolver sus diferencias con Taylor.

–¿Qué tal te va? –le preguntó Cole mientras sacaba un sobre del cajón del escritorio.

–Bastante bien –respondió mirándose el reloj.

No había vuelto a ver a Taylor ni había hablado con ella en los últimos días, y la echaba de menos.

–Tengo una carta que Ben me dejó antes de ir a California el otoño pasado –dijo Cole–. Me dijo que os la diera a los dos. ¿Quieres leerla antes o después de la partida?

–Después –respondió Lane con decisión–. Podría afectar a la señorita Scott y es mejor evitarlo.

Su amigo asintió.

—Sí, estoy de acuerdo contigo —Cole hizo una momentánea pausa. Después, se metió el sobre en el bolsillo interior de la americana—. Tengo la impresión de que Ben sabía que no iba a volver de California y que quería que los dos leyerais sus últimas voluntades.

Lane no podía imaginar por qué Ben le había incluido a él en algo tan íntimo como una carta a su nieta. Pero, por otra parte, había muchas cosas que no sabía de Ben. Lo que sí sabía era que Ben había tenido dinero suficiente para cubrir la apuesta en la partida del otoño anterior en la que había perdido la mitad del rancho. Sin embargo, en vez de apostar dinero, había apostado el cincuenta por ciento de Lucky Ace. Cosa que él no había comprendido entonces y seguía sin entender.

—La señorita Scott ha llegado —anunció la secretaria de Cole.

—Ahora mismo vamos a recibirla el señor Donaldson y yo —contestó Cole. Y miró a Lane—. ¿Listo?

Lane se puso en pie y asintió.

—Cuanto antes, mejor.

Cuando salieron a la recepción, Lane vio a Taylor sentada en un sillón. Se la veía nerviosa y con ojeras, como si hubiera dormido tan mal como él. Pero seguía pareciéndole preciosa y tuvo que hacer un verdadero esfuerzo para no acercársele corriendo y abrazarla.

—Hola, Taylor —dijo Lane.

—Hola, Lane —respondió ella con frialdad.

Se hizo un incómodo silencio. Cole se aclaró la garganta.

—Bueno, si estáis listos, os acompañaré a la habitación donde vais a jugar y podéis empezar —anunció Cole.

Mientras seguían a Cole, Lane lanzó a Taylor una mirada de soslayo.

—¿Qué tal estás?

—Perfectamente —contestó Taylor mirando hacia delante.

Volvieron a darle ganas de abrazarla por la valiente mentira. Logró contenerse.

Cuando entraron en la sala privada donde iban a jugar, Lane apartó la silla de la mesa para que Taylor se sentara. Él se acomodó en frente de ella.

—Buena suerte, Taylor —dijo Lane sonriendo.

—Como me dijiste al enseñarme a jugar, el póquer no es cuestión de suerte. Ganará el mejor, así de sencillo.

—Incluso los buenos jugadores cometen errores —le advirtió Lane.

Se miraron el uno al otro en silencio.

—Edward repartirá las cartas —anunció Cole—. A cada hora de juego habrá cinco minutos de descanso hasta que acabe la partida. Yo seré el vigilante y verificaré los resultados —Cole se sentó a la mesa y añadió—: Buena suerte a los dos.

Lane sabía que la partida iba a ser breve, en menos de una hora acabaría por lo que no tendrían necesidad del descanso. Tan pronto como tuviera la mano ganadora, ejecutaría su plan.

Quince minutos más tarde, miró sus cartas y las que había descubiertas en la mesa. El momento que había estado esperando había llegado.

–Tú apuestas, Taylor –dijo él con calma.

Lane notó uno de los tics de Taylor y contuvo una sonrisa.

Taylor sonrió después de hacer una discreta apuesta.

–Ahora tú –dijo ella.

–Todas –contestó Lane empujando el total de las fichas que tenía.

Tenía más fichas que ella, pero eso también formaba parte del plan. Si Taylor igualaba su apuesta, el juego acabaría tras la siguiente ronda de cartas.

Lane se sintió orgulloso de Taylor, que no se había mordido el labio inferior ni una sola vez mientras decidía qué hacer. Solo él sabía que Taylor no tenía nada que temer.

–Todas –dijo ella empujando sus fichas.

Lane sabía que estaba nerviosa, la voz le había temblado. Lo que más le habría gustado en el mundo era abrazarla, besarla y tranquilizarla.

Ambos esperaron a que el Edward repartiera las dos cartas siguientes de comunidad. Él tenía una pareja de nueves y ella, posiblemente, color.

El corazón le dio un vuelco cuando Edward dio la siguiente carta descubierta, y después la siguiente carta descubierta. Por suerte, a él no le valían, pero ella tendría el color que estaba esperando.

–Creía que mi pareja te ganaría –dijo Lane tratando de sonar convincente.

Por primera vez desde que se habían sentado a la mesa, la sonrisa de Taylor fue sincera.

–Parece que no –contestó Taylor cuando el repartidor arrastraba las fichas y la mayoría de las de Lane hacia el lado donde estaba ella.

Con fichas suficientes para que su juego pareciera convincente, Lane esperó a que Edward terminara de dar el *flop* antes de mirarse las cartas. Al hacerlo, estuvo a punto de lanzar un gruñido. Tenía una pareja de reyes y lo más probable era que Taylor tuviera peor mano. Esperaba que ella le ganara con las cartas de comunidad.

Lane apostó todas menos una de las fichas.

–Mientras me quede una, tengo posibilidades –dijo él sonriendo.

Al verla vacilar, contuvo la respiración. Le habría resultado más sencillo si hubiera tenido peor mano que ella. Pero mientras la observaba, se dio cuenta de que nunca le había resultado más fácil tomar una decisión. Taylor creía que estaban jugándose el rancho, pero él sabía que se trataba de algo mucho más importante que quinientas hectáreas de terreno en Texas. Y, por primera vez en su vida, iba a perder voluntariamente con la esperanza de conseguir lo que quería.

–De acuerdo, igualo tu apuesta –dijo ella con decisión, sin titubeos.

El crupier acabó de repartir, dos dieces y un rey. A Lane se le encogió el corazón al ver que tenía un *full* de reyes.

Lane respiró hondo y sacudió la cabeza.

—Me retiro —dijo, y dejó sus cartas boca abajo. Después, agarró la ficha que le quedaba—. Tú ganas, Taylor.

Lane ignoró la expresión de incredulidad de Cole Sullivan cuando se levantó y estrechó la mano de Taylor.

—Felicidades. El Lucky Ace es tuyo exclusivamente. Ha sido una buena partida y has jugado bastante bien. Estoy orgulloso de ti, Taylor.

—He tenido un buen maestro —respondió ella con voz suave y mirada triste.

—Que disfrutes el rancho.

Lane se metió la ficha de póquer en el bolsillo del pantalón y se dirigió a la puerta.

Se alejó sin una mirada atrás y salió del casino dejando atrás a la única mujer a la que podría amar.

Taylor montó su yegua y se dirigió al río. Se encontraba confusa emocionalmente y esperaba que allí, en el lugar donde sus abuelos se habían casado y donde Lane y ella habían almorzado, pudiera pensar con más claridad.

El instinto le decía que no podía haber sido tan fácil ganar a Lane y no le había engañado. Lane se había retirado, concediendo la partida, cuando tenía un *full* que ganaba a su trío.

¿Por qué lo había hecho? ¿Por qué le había cedido su parte de Lucky Ace? ¿Y por qué, cuando por fin tenía todo el rancho para ella, se sentía

—mo si hubiera perdido infinitamente más que lo que había ganado?

Cuando llegó al río, desmontó y ató a la yegua. Se acercó a la orilla, se sentó en la hierba y sacó la carta que llevaba en el bolsillo de los vaqueros. Cole Sullivan le había dado esa carta justo antes de marcharse del casino, pero todavía no la había leído. En el sobre, su abuelo había escrito el nombre de Lane y el de ella.

Cerró los ojos y respiró hondo. La idea de no ver a Lane nunca más le aterrorizaba. Le quería más de lo que había creído posible querer a alguien.

La noche que le había echado del rancho se había equivocado. Lane había estado en lo cierto al acusarla de exagerar y de negarse a escuchar sus explicaciones.

Sintiéndose peor que nunca, se dio cuenta de lo que había hecho: había reproducido el comportamiento de sus padres, que siempre reaccionaban exageradamente al menor problema que se les presentaba y ninguno de los dos prestaba atención a lo que el otro decía. Pero Lane no se había rebajado a ese nivel. Había mantenido la calma y había tratado de dialogar con ella, a pesar de tener derecho a montar en cólera tras sus acusaciones.

Tras secarse las lágrimas que habían aflorado a sus ojos, abrió el sobre que tenía en las manos. De él sacó una hoja de papel con la letra de su abuelo, lo que la hizo llorar de nuevo.

Taylor se sintió peor que nunca al leer la carta de su abuelo. Lane le había dicho la verdad, él no había hecho trampas en la partida con su abuelo. Ben Cunningham había perdido deliberadamente con el fin de que Lane y ella se conocieran.

Mientras continuaba leyendo, su incredulidad fue en aumento. Su abuelo había hecho de celestina valiéndose del rancho. Había pedido a Lane que se trasladara allí y a ella que se marchara de California y que se fuera a vivir a Lucky Ace con el fin de que los dos se conocieran porque estaba convencido de que harían buena pareja, igual que su esposa y él.

Un ruido a sus espaldas le hizo volver la cabeza. Lane había atado su caballo a la rama del árbol donde estaba la yegua y se estaba acercando a ella. Había estado tan sumida en su tristeza que no le había oído llegar.

Casi dejó de respirar. Con esos pantalones vaqueros, camisa blanca y chaqueta de cuero negra, Lane estaba más guapo que nunca.

—Al no encontrarte en la casa, he supuesto que estarías aquí —dijo él mientras se sentaba en la hierba, a su lado.

—¿Qué haces aquí, Lane? —preguntó Taylor.

No había sido su intención ser tan brusca, pero después de cómo se había portado con él, le costaba creer que Lane quisiera tener nada que ver con ella.

—He venido a traerte los papeles que Ben y yo firmamos cuando gané la mitad del rancho —contestó Lane sacándose unos documentos del bolsillo interior de la chaqueta.

A Taylor lo que más le habría gustado era que él la abrazara y le dijera que la quería. Pero no iba a ocurrir después de lo mal que se había portado con él.

—Ah… se me había olvidado que tendríamos que firmar papeles —dijo ella.

Lane le enseñó los documentos.

—Antes de darte esto, quiero que me dejes hablar. Y, por favor, no digas nada hasta que no termine.

—De acuerdo —Taylor asintió—. Yo también tengo algo que decirte.

No le resultaba fácil admitir que se había equivocado, pero le debía una disculpa por haberle acusado de engañar a su abuelo y también por haber reaccionado como había hecho al descubrir el pasado de Lane.

Lane respiró hondo, la miró a los ojos y sacudió la cabeza.

—No era mi intención ocultar lo que hice de adolescente. No me enorgullezco de ello y prefiero olvidarlo, pero tenía intención de decírtelo en algún momento.

—Teniendo en cuenta cómo reaccioné, no me extraña que no quisieras contármelo aquella noche —admitió ella.

Lane se encogió de hombros.

—No sé exactamente qué es lo que sabes, pero mi padre desfalcó una fortuna a sus clientes. Por eso se suicidó. Sabía que iba a pasar años en la cárcel, y no quiso hacerlo.

–Leí sobre los delitos de tu padre en un artícu-lo en uno de los periódicos de Houston –confesó Taylor.

–Mi madre no sabía lo que mi padre había esta-do haciendo. Pero cuando él murió, aparte de lo que se había llevado de sus clientes también nos había dejado en la ruina –Lane perdió la mirada en la distancia–. No sé por qué lo hizo, supongo que por proteger su imagen de hombre de nego-cios de éxito.

Lane sacudió la cabeza y continuó:

–En cualquier caso, después de su muerte, mi madre se puso a trabajar de recepcionista y tuvi-mos que dejar nuestra casa y trasladarnos a un apartamento en Houston porque no teníamos co-che, vendimos los dos que teníamos, al igual que el resto de nuestras posesiones, en una subasta.

»Todo fue bien hasta que mi madre descubrió que tenía un bulto en un pecho. Tuvo que some-terse a tratamiento y por eso no le quedó más re-medio que dejar el trabajo; y, por supuesto, perdió el seguro médico.

–¿Qué edad tenías tú? –preguntó Taylor.

–Tenía catorce años y, de repente, me encontré siendo el cabeza de familia y el único que podía traer dinero a casa.

–Debiste pasarlo muy mal. No sabes cuánto lo siento –y así era, Taylor se sentía peor que nunca. Había lanzado acusaciones contra él y Lane, lo único que había hecho, era delinquir con el fin de sobrevivir.

—Yo no tenía edad para conseguir trabajo y me enfrentaba al problema de conseguir dinero fuera como fuese.

—Por eso empezaste a…

—Sí, por eso me convertí en un ladrón —le interrumpió él—. Robaba cualquier cosa que sabía que podía vender. Iba de puerta en puerta vendiendo suscripciones para revistas que la gente no iba a recibir y solicitaba donaciones para obras de beneficencia inexistentes. Hacía lo que podía.

—¿Lo sabía tu madre? —preguntó Taylor con el corazón hecho añicos.

—Si lo sabía, estaba demasiado enferma para importarle —respondió Lane—. Murió seis meses después de que le diagnosticaran cáncer de mama, y al poco tiempo la policía me pilló cuando intentaba vender una bandeja de plata a un prestamista.

—¿Fue entonces cuando el Estado se hizo cargo de ti?

Lane asintió.

—Cuando me llevaron a juicio y el juez vio los cargos contra mí, me preguntó por qué había hecho lo que había hecho y supongo que le di pena. Me dijo que si me declaraba culpable en vez de ir a un correccional me llevarían a una casa de acogida. Fue entonces cuando me enviaron al rancho Last Chance —Lane la miró y sonrió—. Y fue lo mejor que pudo pasarme.

—Ahí conociste a tus hermanos —dijo ella, consciente del cariño que se tenían.

Aquel rancho le había dado una auténtica

oportunidad en la vida. Ahora comprendía por qué había sido tan importante para Lane ser dueño de Lucky Ace.

—Sí. Allí conocí a mis hermanos y tuve un padre que me ayudó a superar lo que me había pasado —declaró Lane con ternura en la voz—. Hank Calvert se encargó de nosotros seis, nos mantenía ocupados con los trabajos del rancho y los rodeos, y nos ayudó a controlar la ira que llevábamos dentro.

—Debía de ser un hombre maravilloso —comentó Taylor. Lane, siento mucho las cosas tan horribles que te dije la otra noche. Debería haber dejado que te explicaras en vez de echarte sin contemplaciones. Tienes razón, necesito controlar esta tendencia que tengo a obcecarme con una idea y negarme a escuchar.

Lane asintió una vez más.

—Eres una mujer muy apasionada.

—Eso no disculpa mi comportamiento —insistió ella—. Por favor, perdóname.

—No te preocupes, Taylor —Lane le dedicó una sonrisa que la hizo temblar de placer—, está olvidado.

Guardaron silencio unos momentos. Por fin, Taylor preguntó:

—Lane, ¿por qué te has dado por vencido esta mañana, durante la partida, cuando los dos sabemos que tus cartas ganaban a las mías?

—Sabía que querías todo el rancho para ti sola y tu felicidad es más importante para mí que quinientas hectáreas de rancho.

—Lane, yo…

Lane le tomó la mano y se la besó.

–Has dicho que ibas a escucharme. Me gustaría hacerte una propuesta.

–Tú dirás –el beso en la mano había sido maravilloso y, después de cuatro días sin sus besos, quería más.

–Estaba pensando que, si no te importa, podría quedarme aquí un tiempo para ayudarte a llevar el rancho. ¿Qué te parece?

La esperanza se abrió paso en ella.

–Buena idea. Sí, me gustaría.

–¿Y qué te parecería si viviera en la casa contigo?

–Muy bien –el pulso se le aceleró.

–¿Y si decorásemos la habitación principal? –preguntó él con expresión esperanzada.

–Me parecería muy bien –Taylor asintió.

–Y después… si te prometo no roncar mucho, ¿la compartirías conmigo? –Lane volvió a besarle la mano.

–Me encantaría –logró responder ella. Y comenzó a acercarse a Lane, pero él levantó una mano, impidiéndoselo.

–Espera –dijo Lane–. Todavía no has oído el resto.

–Soy toda oídos –dijo Taylor sonriendo.

–¿Estarías dispuesta a firmar un documento que me diera derecho a vivir aquí contigo en el rancho? –preguntó él.

Taylor frunció el ceño.

–Supongo que no habría problema.

–¿Con testigos? –le advirtió él.

—La mayoría de los documentos legales se firman delante de testigos —Taylor asintió.

Cuando Lane la abrazó, lloró por estar con el hombre al que amaba.

—¿Y qué te parecería cambiar de apellido? —preguntó él con una sonrisa traviesa.

—¿Qué quieres decir? —preguntó Taylor conteniendo la respiración.

—Te amo, Taylor. Te estoy pidiendo que te cases conmigo —Lane le dio la ficha de póquer que se había guardado en el bolsillo después de la partida—. Quiero que cada vez que la veas, sepas que eres la mujer que me hizo dejar el juego.

—¿Lo dices en serio?

—Tu pasión es una de las cosas que me gustan de ti, cielo —y Lane la besó hasta que ambos se quedaron sin aliento.

—¿De verdad me quieres? —preguntó Taylor sin poder creerlo.

—Más que a mi vida —respondió Lane sin vacilación—. Y ahora, ¿vas a seguir teniéndome a la espera o vas a decirme que tú también me quieres y que estarías encantada de ser mi esposa?

—Sí, te quiero —Taylor le besó—. Y sí, me voy a casar contigo. Y sí, quiero que los dos durmamos juntos durante el resto de nuestras vidas.

—¡Menos mal! —Lane la estrechó en sus brazos como si nunca quisiera soltarla—. ¿Cuándo quieres que nos casemos, Taylor?

—Cuando tú quieras —respondió más feliz que nunca.

–Si fuera por mí, nos casaríamos tan pronto como consiguiéramos la licencia matrimonial. Pero supongo que tú querrás una boda en toda regla y organizar eso lleva tiempo. ¿Por qué no vamos a la casa? –Lane se puso en pie y la ayudó a levantarse–. Cuando antes empecemos con los preparativos de la boda, antes nos casaremos.

–¿Cuántos hijos quieres que tengamos? –preguntó ella riendo.

–Me gustaría que pasáramos solos una temporada. Pero cuando empecemos a tener niños, por mí tendremos todos los que tú quieras.

–Ah, casi se me olvidaba. Aquí tengo la carta de mi abuelo –dijo ella después de subirse a los caballos y emprender el camino de regreso a la casa.

–Ya la leeré luego –dijo Lane sonriéndole–. En estos momentos, lo único que quiero es llegar a casa para hacer el amor con la mujer más increíble que he conocido.

–Te amo, Lane Donaldson.

–Y yo a ti, cielo. Más de lo que te puedes imaginar.

–Creo que ya hemos solucionado el problema de quién es el propietario de Lucky Ace –dijo ella al desmontar.

–Eso lo hemos decidido esta mañana en la partida de póquer –respondió Lane–. El rancho es tuyo.

Taylor negó con la cabeza y sonrió al hombre que quería con todo su corazón.

–No, Lane. Este rancho es de los dos. Este rancho es nuestro rancho.

Epílogo

–¿Quién ha ganado la apuesta de nuestra boda? –preguntó Lane a sus hermanos mientras miraba a su maravillosa esposa bailando unirse a Bria, Summer y Mariah, que estaban bailando.

Taylor era la mujer más maravillosa que había visto en su vida, y no podía creer la suerte que tenía de que hubiera aceptado casarse con él.

–Yo –respondió T. J. con una sonrisa de oreja a oreja–. Dije que sería el Cuatro de Julio.

–¿Cuánto falta para los fuegos artificiales? –preguntó Nate mirándose el reloj–. Tengo que hacer una llamada telefónica.

–Falta una hora –respondió Lane mirando a su hermano–. ¿Una chica nueva?

–Algo así –respondió Nate evasivamente al tiempo que se sacaba el móvil del bolsillo–. Voy a llamar ahora. Volveré a tiempo para los fuegos.

–¿Quién es la afortunada? –preguntó Ryder cuando Nate se apartó de ellos con el teléfono pegado a la oreja.

–La rubia de Waco y él han vuelto a hablarse –respondió Jaron con expresión distraída.

Lane notó que Jaron no le había quitado el ojo a Mariah desde que había llegado a la boda.

–¿Todavía sigues empecinado en que eres demasiado mayor para ella? –preguntó Lane a Jaron antes de llevarse la cerveza a los labios.

–Sí –respondió Jaron encogiéndose de hombros.

–No tienes remedio –dijo Ryder, que tenía a Katie en los brazos.

–Lo menos que podías hacer era invitarla a bailar –observó Sam.

Jaron negó con la cabeza.

–No tiene sentido empezar algo que sabes que no tiene salida.

–Eres más cabezota que una mula –dijo T. J. riendo.

–Y tú no dices más que tonterías –le espetó Jaron.

–Bueno, ¿cuál va a ser el siguiente en caer? –preguntó Lane.

–A mí no me miréis –dijo T. J.–, yo soy un solterón empedernido y voy a seguir así.

–¿Quieres decir que todavía no te has decidido a pedirle a tu vecina que salga contigo? –preguntó Sam con inofensiva malicia–. Ahora que su semental ya no puede saltar la valla, creo que deberíais conoceros mejor.

–Ni borracho –declaró T. J. con vehemencia–. Me gusta verla desde mi lado de la valla y no tener nada que ver con ella. Esa mujer no da más que problemas.

–Está siendo demasiado obstinado, ¿no os parece, chicos? –bromeó Lane.

—Tienes razón –concedió Sam.

—Estáis locos –les espetó T. J.–. Yo apuesto a que el siguiente es Nate.

—Sí, parece que no acaba de romper con la rubia de Waco –admitió Ryder.

Mientras sus hermanos continuaban especulando, Lane dejó la botella de cerveza en una mesa y se acercó a la banda de música. Después de pedirles una canción, esperó a que sonaran los acordes y entonces agarró la mano de Taylor, que parecía un ángel con su traje de novia.

—Me encantaría bailar con usted, señora Donaldson –dijo Lane rodeándola con los brazos.

—Y a mí me encanta mi nuevo apellido –respondió ella.

—¿Cuándo crees que vamos a poder marcharnos? –preguntó Lane con la esperanza de que ella también quisiera irse lo antes posible.

—Por mí, cuando te parezca. Estoy lista –Taylor le besó la barbilla–. La cena ya ha acabado, hemos cortado la tarta y hemos bailado. Yo diría que ya lo hemos hecho todo.

—Cuando termine esta canción, nos vamos –declaró Lane sin poder dejar de sonreír.

—Por la cara que tienes, creo que adivino lo que estás pensando –bromeó ella.

Lane se echó a reír y asintió.

—Me encanta que me desees tanto como yo a ti –añadió Taylor.

Lane endureció al instante. Entonces, miró en dirección a los padres de Taylor.

–Tus padres parecen estar de buen humor hoy.

–Sí, lo he notado –respondió Taylor–. Nunca les había visto tan relajados. Parecen bastante contentos.

Cuando la canción acabó, Lane agarró a su esposa de la mano, cruzó con ella la pista de baile y se dirigió directamente a la casa, saludando con la mano a sus hermanos al pasar.

Subieron las escaleras de la mano y se detuvieron delante de la puerta de su habitación.

–Estaba muerto de ganas de hacer el amor contigo en esta habitación –dijo Lane, levantándola en los brazos para cruzar el umbral de la puerta.

Los dos habían acordado esperar a estar casados para hacer el amor en su habitación de matrimonio.

–Ah, ¿y los fuegos artificiales? –dijo Taylor cuando él empezó a desabrocharle los diminutos botones del vestido de novia.

–Déjalo, cielo –Lane le dio un beso con todo su amor–. Los fuegos artificiales los pondremos nosotros.

Y al resplandor estrellado que apareció delante de la ventana aquella noche acompañó otro estallido compartido por ambos.

SORPRENDIDA CON EL JEFE

NATALIE ANDERSON

El guapísimo Alex Carlisle había sido visto paseando a menudo por los despachos. ¿Era la atractiva Dani Russo la razón de tanto paseo? Después de ver el vídeo del apasionado beso que se habían dado en el ascensor, toda la oficina pensaba que sí.

Por esa causa, Dani perdió el empleo y los rumores de la oficina decían que el mujeriego del jefe se la había llevado a vivir a su casa y le había buscado otro puesto de trabajo. ¿Habría habido un nuevo y ardoroso encuentro entre ellos?

El beso más ardiente en un ascensor

¡YA EN TU PUNTO DE VENTA!

Acepte 2 de nuestras mejores novelas de amor GRATIS

¡Y reciba un regalo sorpresa!

Oferta especial de tiempo limitado

Rellene el cupón y envíelo a

Harlequin Reader Service®
3010 Walden Ave.
P.O. Box 1867
Buffalo, N.Y. 14240-1867

¡Si! Por favor, envíenme 2 novelas de amor de Harlequin (1 Bianca® y 1 Deseo®) gratis, más el regalo sorpresa. Luego remítanme 4 novelas nuevas todos los meses, las cuales recibiré mucho antes de que aparezcan en librerías, y factúrenme al bajo precio de $3,24 cada una, más $0,25 por envío e impuesto de ventas, si corresponde*. Este es el precio total, y es un ahorro de casi el 20% sobre el precio de portada. !Una oferta excelente! Entiendo que el hecho de aceptar estos libros y el regalo no me obliga en forma alguna a la compra de libros adicionales. Y también que puedo devolver cualquier envío y cancelar en cualquier momento. Aún si decido no comprar ningún otro libro de Harlequin, los 2 libros gratis y el regalo sorpresa son míos para siempre.

416 LBN DU7N

Nombre y apellido	(Por favor, letra de molde)	
Dirección	Apartamento No.	
Ciudad	Estado	Zona postal

Esta oferta se limita a un pedido por hogar y no está disponible para los subscriptores actuales de Deseo® y Bianca®.
*Los términos y precios quedan sujetos a cambios sin aviso previo.
Impuestos de ventas aplican en N.Y.

SPN-03

©2003 Harlequin Enterprises Limited

Bianca

¿Por fin el atractivo millonario Da Silva había sido atrapado en las redes del amor?

¡César Da Silva, el huraño millonario, se había convertido en noticia! No solo habían salido a la luz sus secretos de familia, sino que lo habían pillado en su imponente castillo, besando a Lexie Anderson, durante el rodaje de la última película de la actriz.

Da Silva había roto sus propias reglas al tener una aventura con Lexie. Una fuente de confianza sugirió que Da Silva estaba ayudando a la señorita Anderson a superar su última ruptura.

¡Y la química que surgió entre ellos resultó explosiva!

El poder del pasado

Abby Green

¡YA EN TU PUNTO DE VENTA!

Deseo

SUYO POR UN FIN DE SEMANA

TANYA MICHAELS

Piper Jamieson necesitaba un hombre que se hiciera pasar por su novio durante una reunión familiar y no tenía ningún candidato excepto a su mejor amigo, el sexy Josh Weber. Y, como no había nada entre ellos, no supondría ningún problema.

La perspectiva de un fin de semana junto a Piper parecía el plan perfecto, no así la reunión familiar. Últimamente sus citas con otras mujeres no habían sido tan apasionantes como solían y él sabía perfectamente por qué. Lo cierto era que no podía dejar de pensar en su mejor amiga... Y en que ahora tenía tres noches para hacerla cambiar de opinión.

Ella quería algo temporal...
pero él la deseaba para siempre

¡YA EN TU PUNTO DE VENTA!